瑞蘭國際

ESPAÑA COMIDA BEBIDA

西班牙美食開口說

用西班牙文認識西班牙飲食文化

國立臺灣大學西班牙文名師

Mario Santander Oliván（馬里奧） 著

　　想多學一個語言，增加求職競爭力嗎？西班牙文好聽又好學、實用性高。西班牙文為 20 多國家、地區、歐盟、聯合國、世貿組織和其他許多國際組織的官方語言、世界第二大語言（以西語母語者為主），以及世界第三大通用語言。全世界使用人數達五億人、兩億多人以它為母語。此外，在國際貿易往來上更是被多國使用。由於全球市場的深切互動，越來越多公司必須發展國際貿易，西班牙語已經成為尋覓工作時的重要條件。以臺灣人的角度來看，學習西班牙文真的有很多好處。除了臺灣與中南美洲有許多重要的邦交國，臺灣和西語國家的經貿往來愈加密切，所以學習西文，將有助於擴展視野，尋找更多機會，發現不一樣的世界！這一代「英語是必須，二外是優勢」，西班牙文是你最好的選擇！

　　目前越來越多臺灣人去西班牙旅遊、留學、做生意等，對西班牙飲食文化和西班牙美食感興趣。臺灣市場已有賣少數的西語書，但都沒有專門針對西班牙飲食文化和西班牙美食的實用西語書籍。經過考量及很多學生的鼓勵，我決定寫了這本書。希望這本書可以透過簡單、活潑、實用、生活化的西班牙文，幫助去西班牙的臺灣人認識西班牙飲食文化、感受西班牙人對飲食的重視、瞭解西班牙菜的特色，並享受西班牙這個吃喝玩樂天堂。

這本書的架構主要分為十個單元，與西班牙飲食文化情境有關。每個單元皆以中西文對照撰寫，內容包含相關單詞、生活化對話、有趣練習題和實用文化小提示，特別為中文母語者設計。此書的附錄含西班牙文字母表、數字、基本文法、與練習題答案，提供更完整的實際情況教學。另外，本書附 MP3，讓大家多聽每個單元的單詞和對話，皆有西班牙文母語者錄音。想要更深入的瞭解西班牙美食祕訣的臺灣朋友們，以輕鬆和有趣的方式用西班牙文認識西班牙飲食文化，這本書都會是你們的好幫手！

　　最後，我想要特別感謝兩位非常重要的人在我的生命中使這個夢想成真：我的妻子林采薇和我的母親 Nieves Oliván Aquilué。此書獻給她們。

Mario Santander Oliván
馬里奧老師

★十大主題單元

不論是在家煮菜、去西班牙餐廳用餐，還是來杯葡萄酒，本書滿足你對西班牙美食的好奇心，一一剖析。

Unidad 1: Alimentos españoles 西班牙食物

| Tabla de vocabulario 生詞表 |

西班牙文	詞性	中文
Fruta	陰性名詞	水果
Manzana	陰性名詞	蘋果
Naranja	陰性名詞	橘子
Pera	陰性名詞	梨子
Plátano	陽性名詞	香蕉
Verdura	陰性名詞	蔬菜
Cebolla	陰性名詞	洋蔥
Lechuga	陰性名詞	生菜
Patata	陰性名詞	馬鈴薯
Tomate	陽性名詞	蕃茄
Legumbre	陰性名詞	豆類
Alubia	陰性名詞	菜豆
Garbanzo	陽性名詞	鷹嘴豆
Lenteja	陰性名詞	小扁豆
Carne	陰性名詞	肉

西班牙文	詞性	中文
Cerdo	陽性名詞	豬肉
Pollo	陽性名詞	雞肉
Ternera	陰性名詞	牛肉
Pescado	陽性名詞	魚
Merluza	陰性名詞	鱈魚
Aceite de oliva	陽性名詞	橄欖
Arroz	陽性名詞	米
Huevo	陽性名詞	雞蛋
Pan	陽性名詞	麵包
Vino	陽性名詞	葡萄

018

★生詞表

琳瑯滿目的美食佳餚，用西班牙文怎麼說呢？一應俱全的生詞表帶你一窺究竟。

★對話

在餐廳如何點餐、去市場如何買菜，聽聽活潑有趣的生活對話，跟著說一說，模擬情境最逼真！

★ MP3

本書文章、對話、單字皆可搭配隨書附贈的 MP3，反覆聆聽，學習一口最正確道地的西班牙語。

4: Cocinando en casa

在家裡煮飯

¿Cocinamos hoy en casa, Luisa?
我們今天在家裡煮飯，路易莎？

¡Buena idea! ¿Qué te apetece preparar?
好主意！你想要準備什麼？

De primero, podemos guisar unas lentejas.
第一道菜：我們可以煮調小扁豆。

¡Estupendo! ¿Y de segundo?
太好了！那第二道菜呢？

Podemos freír este pescado.
我們可以煎這條魚。

¿Y de postre?
那甜點呢？

Podemos comer fruta.
我們可以吃水果。

¡Vale! Aquí tienes los ingredientes para preparar las lentejas y el pescado.
好啊！這些都是用來準備小扁豆和魚的食材。

¡Gracias! Voy a coger una cazuela para guisar las lentejas y una sartén para freír el pescado y me pongo enseguida a ello.
謝謝！我拿鍋子來烹調小扁豆和平底鍋來煎魚後馬上開工囉。

Diálogo 5. Poniendo la mesa

對話 5：擺餐具

Juan: Luisa, la comida ya está lista. ¿Puedes poner la mesa?
胡安：路易莎，飯準備好了！妳可以擺餐具嗎？

Luisa: ¡Claro! Voy a por el mantel.
路易莎：當然！我去拿桌布。

Juan: Acuérdate de poner los cubiertos, los vasos, los platos y las servilletas, gracias!
胡安：記得要放餐具、杯子、盤子和餐巾，謝謝！

Luisa: ¡De nada!
路易莎：不客氣！

Juan: Después de comer, fregaré los platos.
胡安：吃飽後，我會洗碗。

Luisa: No, no, puedo fregarlos yo.
路易莎：不、不，我可以洗碗。

Juan: Bueno, si insistes... ¡podemos fregarlos juntos!
胡安：嗯，如果妳堅持……我們可以一起洗碗！

Luisa: ¡Hecho!
路易莎：一言為定！

★**練習題**

已經認得各種菜名了嗎？利用簡單的小測驗做個總複習吧！

★**文化小提示**

聽老師娓娓道來那些說不盡的西班牙飲食文化，你會認識更多你不知道的西班牙。

Unidad 9: En una cafetería española 在西班牙咖啡廳

| Ejercicios 練習題 |

1. Completa los huecos con la palabra adecuada:
   請將下列單字分別填入句子中。

   Cortado Azúcar Bebida sin alcohol Leche

   a) ¡Buenas tardes! Me gustaría tomar una _____. ¿Tienen poleo?

   b) De acuerdo. ¿Necesita _____ o sacarina?

   c) Aquí tiene su café con _____, su azúcar y su cucharilla.

   d) Un _____ y dos ensaimadas, por favor.

2. Clasifica las siguientes palabras según su significado:
   請將以下單字依照語義分類。

   Té con leche Orujo Vino Leche Coñac Manzanilla

Bebida alcohólica	Bebida sin alcohol

3. Escribe el nombre de cada dulce debajo de su fotografía:
   請在照片下方填入正確的單字。

_____ _____ _____ _____

Entre la c
podemos en
en las cafete
dulce típico p
pequeños: lo
Los churros
hecho a base
y azúcar, aco
para desayun
meses de inv
de los churro
manjar era u
el país. En la
las cafeterías,
españolas cu
especializado
docenas o por

通常在西班牙
的傳統甜食：
和糖做成，伴
尤其是冷天氣
吉拿棒的由來
華會的共同產
班牙城市的嘉
門賣吉拿棒。

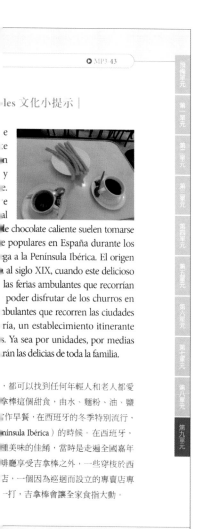

les 文化小提示 |

e
te
n
y
e.
re
al

de chocolate caliente suelen tomarse
e populares en España durante los
ga a la Península Ibérica. El origen
al siglo XIX, cuando este delicioso
las ferias ambulantes que recorrían
poder disfrutar de los churros en
ambulantes que recorren las ciudades
ría, un establecimiento itinerante
s. Ya sea por unidades, por medias
rán las delicias de toda la familia.

，都可以找到任何年輕人和老人都愛
拿棒這個甜食，由水、麵粉、油、鹽
作早餐，在西班牙的冬季特別流行，
nínsula Ibérica）的時候。在西班牙，
種美味的佳餚，當時是走遍全國嘉年
啡廳享受吉拿棒之外，一些穿梭於西
店，一個因為巡迴而設立的專賣店專
一打，吉拿棒會讓全家食指大動。

Anexo: Alfabeto, Números, Gramática básica, Soluciones de los ejercicios
附錄：字母表、數字、基本文法、練習題答案

| Alfabeto 字母表 |

大寫	小寫	讀音
A	A	a
B	B	be
C	C	ce
D	D	de
E	E	e
F	F	efe
G	G	ge
H	H	hache
I	I	i
J	J	jota
K	K	ka
L	L	ele
M	M	eme
N	N	ene
Ñ	Ñ	eñe
O	O	o
P	P	pe
Q	Q	cu

★附錄

書末附錄包含字母表、數字、基
本文法、練習題答案，學習面面
俱到！

Índice 目錄

Unidad preparatoria

預備單元

Aquí tienes algunas palabras básicas y expresiones útiles en español que se repiten a lo largo de este libro. Asimismo, no olvides consultar los anexos que se incluyen al final del libro, ¡son de gran utilidad!

以下是這本書的一些西班牙文基本詞彙和常用語。另外，別忘了參考這本書的各個附錄，都很實用喔！

Saludos 問候

西班牙文	中文
¡Hola!	你好！
¡Buenos días!	早安！
¡Buenas tardes!	午安！
¡Buenas noches!	晚安！

Despedidas 道別

西班牙文	中文
¡Adiós!	再見！
¡Hasta luego!	待會見！
¡Hasta pronto!	稍後見！
¡Hasta mañana!	明天見！

Expresar agradecimiento 表達感謝

西班牙文	中文
¡Gracias!	謝謝！
¡Muchas gracias!	非常謝謝！
¡De nada!	不客氣！
Por favor	請

Expresar asentimiento 表達同意

西班牙文	中文
¡Vale!	好啊！
¡De acuerdo!	好的！
¡Perfecto!	太好了！
¡Buena idea!	好主意！
¡Hecho!	一言為定！
¡Claro!	當然！

Responder a preguntas básicas 回答基本問題

西班牙文	中文
Sí	是、對
No	不

Preguntar el precio 問價格

西班牙文	中文
¿A cuánto está(n)...? / ¿A cómo está(n)...?	……多少錢？（這兩個問題意思相同，都是問「不固定的價格」。如在菜市場買菜，每天菜的價格不同，問菜的價格均會用這個問題。）
¿Cuánto cuesta(n)...? / ¿Cuánto vale(n)...?	……多少錢？（這兩個問題意思相同，都是問「固定的價格」。如在大賣場，每天菜的價格是固定的，問菜的價格均會用這個問題。）
¿Cuánto es todo?	共多少錢？（不分固定或不固定價格。）

Vocabulario básico 基本詞彙

西班牙文	中文
España	西班牙
Español	西班牙文、西班牙男人
Española	西班牙女人
Barato	便宜
Caro	貴
Pagar	付錢
Comprar	買
Vender	賣
Cocinar	煮飯
Tapear	吃小吃
Desayunar	吃早餐
Comer	吃午餐
Cenar	吃晚餐
Desayuno	早餐
Comida	午餐
Cena	晚餐
¡Buen provecho! / ¡Que aproveche!	請慢用！
¡Salud!	乾杯！

Unidad 1:
Alimentos españoles

第一單元：西班牙食物

▶ MP3-08

España cuenta con una gran variedad de alimentos sanos y sabrosos. La dieta mediterránea es el patrón alimentario de España. ¿Quieres saber más sobre la cultura gastronómica española? ¡Nuestra aventura comienza ahora!

西班牙有各式各樣的健康和美味食物。地中海飲食是西班牙的飲食模式。想知道更多有關西班牙飲食文化嗎？我們現在開始冒險吧！

| Tabla de vocabulario 生詞表 |

西班牙文	詞性	中文
Fruta	陰性名詞	水果
Manzana	陰性名詞	蘋果
Naranja	陰性名詞	橘子
Pera	陰性名詞	梨子
Plátano	陽性名詞	香蕉
Verdura	陰性名詞	蔬菜
Cebolla	陰性名詞	洋蔥
Lechuga	陰性名詞	生菜
Patata	陰性名詞	馬鈴薯
Tomate	陽性名詞	蕃茄
Legumbre	陰性名詞	豆類
Alubia	陰性名詞	菜豆
Garbanzo	陽性名詞	鷹嘴豆
Lenteja	陰性名詞	小扁豆
Carne	陰性名詞	肉

西班牙文	詞性	中文
Cerdo	陽性名詞	豬肉
Pollo	陽性名詞	雞肉
Ternera	陰性名詞	牛肉
Pescado	陽性名詞	魚
Merluza	陰性名詞	鱈魚
Aceite de oliva	陽性名詞	橄欖油
Arroz	陽性名詞	米
Huevo	陽性名詞	雞蛋
Pan	陽性名詞	麵包
Vino	陽性名詞	葡萄酒

Diálogo 1: Los alimentos más importantes para los españoles

對話一：對西班牙人最重要的食物

Pedro: ¡Hola, Luisa! ¿Sabes cuáles son los alimentos más importantes en España?

彼得： 嗨，路易莎！你知道哪些食物是西班牙最重要的嗎？

Luisa: Pues la verdad es que no, Pedro. ¿Cuáles?

路易莎：我不知道耶，彼得。哪些呢？

Pedro: Los españoles basan su alimentación en la dieta mediterránea. Por eso, comen muchas frutas, verduras y legumbres.

彼得： 西班牙人是屬於地中海的飲食模式。因此，他們吃大量的水果、蔬菜和豆類。

Luisa: ¡Ah! ¿Y comen carne o pescado?

路易莎：啊！那他們吃肉或魚嗎？

Pedro: Sí, pero en pequeñas dosis.

彼得： 是的，但少量的。

Luisa: ¡Qué dieta más sana! ¿Y cuál es el alimento básico de los españoles?

路易莎：怎麼這麼健康的飲食！那西班牙人的主食有哪些？

Pedro: El pan. Los españoles acompañan la comida con pan, mientras que los taiwaneses acompañan la comida con arroz.

彼得： 麵包。西班牙人用餐都是佐麵包，而台灣人則是佐米飯。

Luisa: ¡Gracias por toda esta información, Pedro! ¡Espero poder visitar pronto España!

路易莎：感謝你提供的資訊，彼得！我希望能盡快到訪西班牙！

Diálogo 2: Comprando en un supermercado

對話二：在超級市場買菜

Juan:　Ana, tenemos el frigorífico vacío. ¿Vamos a hacer la compra?
胡安：安娜，我們的冰箱是空的。要不要去買菜？

Ana:　¡Vale! ¿Qué tenemos que comprar?
安娜：好啊！我們需要買什麼呢？

Juan:　A ver... Voy a hacer la lista de la compra. Necesitamos comprar lechugas, tomates, garbanzos, aceite de oliva, huevos, vino y pan.
胡安：我看一下……我寫購物清單。我們需要買生菜、蕃茄、鷹嘴豆、橄欖油、雞蛋、葡萄酒和麵包。

Ana:　¿Vamos al supermercado?
安娜：我們去超市嗎？

Juan:　Sí, así podemos comprar todos los productos en el mismo establecimiento.
胡安：是的，那邊我們就可以買到所有的食品。

(En el supermercado)（在超市）

Ana:　Juan, ya he cogido dos lechugas, varios tomates y un bote de garbanzos.
安娜：胡安，我已經拿了兩把生菜、一些蕃茄和一罐鷹嘴豆。

Juan:　¡De acuerdo! Voy a por el aceite de oliva, los huevos, el vino y el pan.
胡安：好的！我去拿橄欖油、雞蛋、葡萄酒和麵包。

Ana:　¿Quieres que coja yo el vino?
安娜：你想要我去拿葡萄酒嗎？

Juan:　No, gracias. Ya me encargo yo, tú espérame en la caja.
胡安：不用，謝謝。我自己來，你在收銀台等我。

Ana:　¡Vale! Te espero en la caja y pagamos todo junto.
安娜：好啊！在收銀台等你一起結帳。

| Ejercicios 練習題 |

1. Ordena las letras de las siguientes palabras y escribe su significado en chino:

請將以下單字改成正確詞彙並寫出中文意思。

orzar   emrzalu   argnzbao   lceuhag

2. Clasifica las siguientes palabras según su significado:

請將以下單字依照語義分類。

Patata Pollo Naranja Ternera Cebolla Pera Cerdo Plátano

Fruta	Verdura	Carne

3. Escribe el nombre de cada alimento debajo de su fotografía:

請在照片下方填入正確的單字。

_____ _____ _____ _____

| Apuntes culturales 文化小提示 |

La dieta mediterránea, basada en el consumo de frutas, verduras, legumbres, pescado, aceite de oliva y pequeñas dosis de vino, es la base de la cultura gastronómica española. Común a toda la cuenca del Mediterráneo y especialmente popular en España, Italia y Grecia, este estilo de vida combina una dieta saludable con una vida favorecida por las bondades del clima de la zona. Numerosos estudios han concluido que la dieta mediterránea es una de las dietas más completas, equilibradas y sanas que pueden seguirse. La dieta mediterránea contribuye a reducir la obesidad y las enfermedades cardiovasculares y degenerativas, así como a aumentar la esperanza de vida, siendo España uno de los países con mayor esperanza de vida en todo el mundo. Si pruebas la dieta mediterránea, declarada Patrimonio Cultural Inmaterial de la Humanidad en 2010, comprobarás rápidamente los efectos positivos para toda la familia de un estilo de vida milenario.

地中海飲食含水果、蔬菜、魚類、橄欖油和少量的葡萄酒，是西班牙美食文化的基礎。它通用於整個地中海盆地、西班牙、義大利和希臘，這種生活方式與該地區氣候溫和的健康飲食組合，特別受到歡迎。大量研究得出的結論表示，地中海飲食是最全面、平衡和健康的飲食，也是可以遵循的飲食方法之一。地中海飲食有助於降低肥胖和心血管疾病和退行性疾病，以及增加預期壽命。西班牙是全球平均壽命最高的國家之一。如果你想要嘗試 2010 年成為非物質文化遺產的地中海飲食，你很快會驗證行之千年的生活方式對整個家庭所造成的正面影響。

Unidad 2:
Comprando en un mercado

第二單元：在菜市場買菜

▶ MP3-12

¿Quieres saber cómo comprar en un mercado de España? En esta unidad aprenderás todo lo imprescindible para desenvolverte con éxito en un mercado y comprar todos los alimentos necesarios para llenar tu frigorífico.

想知道如何在西班牙菜市場買菜嗎？在這個單元，你將學會一切必要在菜市場成功買菜的生詞和會話，以達到購買所需食品來填補你冰箱的目的。

| Tabla de vocabulario 生詞表 |

西班牙文	詞性	中文
Carnicero	陽性名詞	屠夫
Carnicería	陰性名詞	肉店
Cliente	陽性名詞	顧客、客人
Dependiente	陽性名詞	店員
Desear	原型動詞	想要
Céntimo	陽性名詞	分（貨幣單位）
Euro	陽性名詞	歐元
Frutero	陽性名詞	賣水果的人
Frutería	陰性名詞	水果店
Medio kilo	陽性單位	半公斤
Mercado	陽性名詞	菜市場
Panadero	陽性名詞	麵包師
Panadería	陰性名詞	麵包店
Pescadería	陰性名詞	魚店
Pescadero	陽性名詞	賣魚的人

西班牙文	詞性	中文
Poner	原型動詞	放
Puesto	陽性名詞	攤位
Supermercado	陽性名詞	超級市場
Tienda	陰性名詞	商店
Una barra	陰性單位	一條
Una docena	陰性單位	一打
Un kilo	陽性單位	一公斤
Un litro	陽性單位	一公升
Verdulería	陰性名詞	蔬菜店
Ultramarinos	陽性複數名詞	雜貨店

Diálogo 1: Comprando en una frutería

對話一：在水果店買東西

Dependiente: ¡Buenos días! ¿Qué le pongo?
店員： 早安！想要買什麼？

Cliente: Un kilo de manzanas y medio kilo de naranjas.
客人： 蘋果一公斤和橘子半公斤。

Dependiente: ¿Algo más?
店員： 還想要其他東西嗎？

Cliente: ¿A cuánto está el kilo de peras?
客人： 梨子一公斤多少錢？

Dependiente: A un euro con treinta céntimos.
店員： 1.30 歐元。

Cliente: Pues póngame medio kilo.
客人： 那請給我半公斤。

Dependiente: ¡Perfecto! ¿Desea algo más?
店員： 太好了！還需要什麼呢？

Cliente: No, nada más. Gracias. ¿Cuánto es todo?
客人： 不用，這樣子就可以。謝謝。共多少錢？

Dependiente: Dos euros con noventa céntimos.
店員： 2.90 歐元。

Cliente:　　　 Muy bien, aquí tiene. ¡Que tenga un buen día!
客人：　　　很好，在這裡（給你）。祝您有一個美好的一天！

Dependiente: ¡Gracias, igualmente! ¡Hasta luego!
店員：　　　謝謝，你也是！待會見！

Diálogo 2: Comprando en una carnicería

對話二：在肉店買東西

Dependiente: ¡Buenas tardes! ¿Qué le pongo?

店員： 午安！想要買什麼？

Cliente: Quería dos kilos de chuletas de cerdo y medio kilo de pechugas de pollo.

客人： 我想要兩公斤豬排和半公斤雞胸肉。

Dependiente: ¿Algo más?

店員： 還想要其他東西嗎？

Cliente: ¿A cómo está el kilo de filete de ternera?

客人： 牛排一公斤多少錢？

Dependiente: A quince euros.

店員： 15 歐元。

Cliente: Pues póngame un kilo.

客人： 那請給我一公斤。

Dependiente: ¡De acuerdo! ¿Desea algo más?

店員： 好的！還需要什麼呢？

Cliente: No, nada más. Gracias. ¿Cuánto es todo?

客人： 不用，這樣子就可以。謝謝。共多少錢？

Dependiente: Veintitrés euros con cuarenta céntimos.

店員： 23.40 歐元。

Cliente: Muy bien, aquí tiene. ¡Hasta luego!
客人：   很好，在這裡（給你）。待會見！

Dependiente: ¡Adiós!
店員：   再見！

| Ejercicios 練習題 |

1. Haz frases con las palabras dadas:

   請用以下單字造句。

   a) ¿A está cuánto peras el de kilo?

   b) euros Dos céntimos noventa con.

   c) dos Quería kilos de cerdo chuletas de y pechugas kilo de de pollo medio.

   d) nada, más No. Gracias. ¿todo es Cuánto?

2. Escribe dos alimentos que puedes comprar en las siguientes tiendas:

   請寫出在以下商店你可以買的兩個食品。

   a) Frutería:

   b) Carnicería:

   c) Ultramarinos:

3. Escribe el nombre de cada profesión debajo de su fotografía:

   請在照片下方填入正確的單字。

_____ _____ _____ _____

| Apuntes culturales 文化小提示 |

Los mercados tradicionales, también llamados mercados de abastos, eran antaño el principal punto de venta de alimentos perecederos, tales como frutas, verduras, carnes y pescados, en España. Aunque algunas ciudades españolas todavía conservan sus mercados tradicionales, muchos de ellos han ido cerrando sus puertas al público y han sido sustituidos paulatinamente por los supermercados convencionales. Entre los mercados de abastos españoles que todavía conservan todo su esplendor en la actualidad, cabe destacar el Mercado de La Boquería de Barcelona, el Mercado de La Paz de Madrid, el Mercado Central de Valencia, el Mercado de Verónicas de Murcia y el Mercado de La Ribera de Bilbao. Todos ellos conservan su colorido y cuentan con una amplia variedad de frutas, verduras, carnes y pescados frescos a disposición del público. El trato cercano de los comerciantes y la calidad de sus productos hacen de estos mercados el lugar de compra preferido por los consumidores locales. No te olvides de visitar uno de estos singulares lugares durante tu viaje a España.

傳統市場，也被稱為菜市場，曾經是西班牙主要新鮮食物賣場，如水果、蔬菜、肉類和魚類等食物。雖然有些西班牙城市仍然保留自己的傳統市場，但其中已有許多逐漸被傳統超市所取代而關門大吉。至今也有些西班牙市場仍然保持所有的輝煌，包括巴塞羅那（Barcelona）的 La Boquería 市場、馬德里（Madrid）的 La Paz 市場、瓦倫西亞（Valencia）的 Central 市場、穆爾西亞（Murcia）的 Verónicas 市場和畢爾包（Bilbao）的 La Ribera 市場。它們保留自己的特色，並販賣多種新鮮的水果、蔬菜、肉類和魚類。店員的熱情和產品的品質，成為當地消費者對市場的首選。去西班牙旅行的時候不要忘記參觀這些獨特的地方。

Unidad 3:
Cocinando en casa

第三單元：在家裡煮飯

▶ MP3-16

La mayoría de los españoles disfruta cocinando en casa. Cocinar en casa permite controlar los alimentos que consumes y tener una vida más saludable. ¿A qué estás esperando? ¡Ponte un delantal y manos a la obra!

大部分的西班牙人喜歡在家烹飪。在家煮飯可以掌控你所吃的食物，有一個比較健康的生活。你還在等什麼呢？穿上圍裙，開始工作！

| Tabla de vocabulario 生詞表 |

西班牙文	詞性	中文
Añadir	原型動詞	加
Casa	陰性名詞	房子、家
Cazuela	陰性名詞	鍋子
Cocer	原型動詞	煮
Cocina de gas	陰性名詞	瓦斯爐
Cocina eléctrica	陰性名詞	電爐
Cubiertos	陽性複數名詞	餐具
Cuchara	陰性名詞	湯匙
Cuchillo	陽性名詞	刀子
Fregadero	陽性名詞	水槽
Fregar	原型動詞	洗碗
Freír	原型動詞	煎、油炸
Frigorífico	陽性名詞	冰箱
Guisar	原型動詞	烹調
Hervir	原型動詞	水煮

西班牙文	詞性	中文
Horno	陽性名詞	烤箱
Ingrediente	陽性名詞	食材
Mantel	陽性名詞	桌布
Mezclar	原型動詞	混合
Microondas	陽性名詞	微波爐
Plato	陽性名詞	盤子、菜餚
Poner la mesa	原型動詞	排餐具
Sartén	陰性名詞	平底鍋
Tenedor	陽性名詞	叉子
Vaso	陽性名詞	杯子

Diálogo 1: Cocinando en casa

對話一：在家裡煮飯

Juan: ¿Cocinamos hoy en casa, Luisa?
胡安： 我們今天在家裡煮飯，路易莎？

Luisa: ¡Buena idea! ¿Qué te apetece preparar?
路易莎：好主意！你想要準備什麼？

Juan: De primero, podemos guisar unas lentejas.
胡安： 第一道菜，我們可以烹調小扁豆。

Luisa: ¡Estupendo! ¿Y de segundo?
路易莎：太好了！那第二道菜呢？

Juan: Podemos freír este pescado.
胡安： 我們可以煎這條魚。

Luisa: ¿Y de postre?
路易莎：那甜點呢？

Juan: Podemos comer fruta.
胡安： 我們可以吃水果。

Luisa: ¡Vale! Aquí tienes los ingredientes para preparar las lentejas y el pescado.
路易莎：好啊！這些都是用來準備小扁豆和魚的食材。

Juan: ¡Gracias! Voy a coger una cazuela para guisar las lentejas y una sartén para freír el pescado y me pongo manos a la obra.
胡安： 謝謝！我拿鍋子來烹調小扁豆和平底鍋來煎魚後馬上開工喔。

Diálogo 2: Poniendo la mesa

對話二：排餐具

Juan: Luisa, ¡la comida ya está lista! ¿Puedes poner la mesa?

胡安： 路易莎，飯準備好了！妳可以排餐具嗎？

Luisa: ¡Claro! Voy a por el mantel.

路易莎：當然！我去拿桌布。

Juan: Acuérdate de poner los cubiertos, los vasos, los platos y las servilletas, ¡gracias!

胡安： 記得要放餐具、杯子、盤子和餐巾，謝謝！

Luisa: ¡De nada!

路易莎：不客氣！

Juan: Después de comer, fregaré los platos.

胡安： 吃飽後，我會洗碗。

Luisa: No, no, puedo fregarlos yo.

路易莎：不，不，我可以洗碗。

Juan: Bueno, si insistes... ¡podemos fregarlos juntos!

胡安： 嗯，如果妳堅持……我們可以一起洗碗！

Luisa: ¡Hecho!

路易莎：一言為定！

| Ejercicios 練習題 |

1. Completa los huecos con la palabra adecuada:

請將下列單字分別填入句子中。

Sartén   Lentejas   Cazuela   Mesa

a) De primero, podemos guisar unas _____.

b) ¡Gracias! Voy a coger una _____ para guisar las lentejas y una _____ para freír el pescado y me pongo manos a la obra.

c) Luisa, ¡la comida ya está lista! ¿Puedes poner la _____?

2. Ordena las letras de las siguientes palabras y escribe su significado en chino:

請將以下單字改成正確詞彙並寫出中文意思。

ucibetors   rgfiorícofi   acas   neteord

3. Escribe el nombre de cada objeto debajo de su fotografía:

請在照片下方填入正確的單字。

_____ _____ _____ _____

| Apuntes culturales 文化小提示 |

La comida y la cocina están siempre presentes en la cultura española. Además de disfrutar de una buena comida fuera de casa, la mayoría de los españoles siente pasión por la cocina. A los españoles les gusta cocinar y disfrutan cocinando.

Muchos de ellos han aprendido en familia el arte de los fogones, otros a través de Internet. Entre las cualidades que se requieren a la hora de elaborar un buen plato destacan la paciencia, la organización, la pasión y la creatividad. Cocinar en casa permite controlar los alimentos que consumes, seguir una dieta más equilibrada, tener una vida más saludable y ahorrar algo de dinero. Este arte no se aprende de la noche a la mañana, requiere tiempo y paciencia, pero merece la pena. ¿Te animas?

食物和烹飪總是出現在西班牙文化。除了享受在外面吃飯之外,大多數西班牙人熱愛煮飯。西班牙人享受煮飯,喜歡煮飯。在他們當中,許多人有在家庭裡學烹飪的天分,有的則透過網路學。準備一道好菜需要具備耐心、組織力、激情和創造力等素質。在家裡煮飯就可以控制你所吃的食物、採取更均衡的飲食、健康生活以及節省一些錢。這種藝術不是從前一晚就學得起來,這需要時間和耐心,但值得。想要試試看嗎?

Unidad 4:
Tapas españolas

第四單元：西班牙小吃

▶ MP3-20

Las tapas son una parte muy importante de la cultura gastronómica española. En los numerosos bares de tapas que pueblan la geografía española encontrarás tapas ricas y variadas. Si vas a España, no dejes de probarlas. ¡Están para chuparse los dedos!

小吃是西班牙飲食文化的一個重要組成部分。在西班牙各地的小吃店會發現豐富多樣的好吃小吃。如果你去西班牙，一定要嘗試一下。美味極了！

| Tabla de vocabulario 生詞表 |

西班牙文	詞性	中文
Aceitunas	陰性複數名詞	橄欖
Almejas a la marinera	陰性複數名詞	白酒蛤蜊
Anchoas	陰性複數名詞	鯷魚
Buñuelos de bacalao	陽性複數名詞	鱈魚球
Calamares a la romana	陽性複數名詞	炸魷魚
Callos a la madrileña	陽性複數名詞	馬德里燉牛肚
Caracoles	陽性複數名詞	蝸牛
Champiñones a la plancha	陽性複數名詞	烤香菇
Chorizo	陽性名詞	西班牙臘腸
Croquetas	陰性複數名詞	西班牙炸丸子
Empanadillas	陰性複數名詞	西班牙餡餅
Ensaladilla rusa	陰性名詞	西班牙俄國沙拉
Gambas al ajillo	陰性複數名詞	蒜爆蝦仁
Huevos rotos	陽性複數名詞	西班牙破蛋

▶ MP3-20

預備單元

第一單元

第二單元

第三單元

第四單元

西班牙文	詞性	中文
Jamón	陽性名詞	西班牙火腿
Lacón con grelos	陽性名詞	芥藍燉豬肉
Lomo	陽性名詞	西班牙肉條乾
Mejillones	陽性複數名詞	貽貝
Morcilla	陰性名詞	血腸
Patatas bravas	陰性複數名詞	辣味西班牙烤馬鈴薯
Pescaíto frito	陽性名詞	炸魚
Pimientos del piquillo	陽性複數名詞	小紅椒
Queso	陽性名詞	起司
Salchichón	陽性名詞	西班牙大臘腸
Sepia a la plancha	陰性名詞	煎墨魚

Diálogo 1: Diferenciando los embutidos españoles

對話一：區分西班牙冷盤

Pedro: Ana, ¿has probado alguna vez alguno de los embutidos españoles?

彼得： 安娜，之前妳有沒有吃過西班牙冷盤？

Ana: ¡Claro! El chorizo, el jamón, el lomo y el salchichón son alimentos muy importantes para los españoles. He probado estos cuatro embutidos.

安娜： 當然！西班牙臘腸、西班牙火腿、西班牙肉條乾和西班牙大臘腸都是西班牙非常重要的美食。我吃過這四種西班牙冷盤。

Pedro: ¡Oh! ¿Y cuál es la diferencia entre el chorizo, el jamón, el lomo y el salchichón?

彼得： 喔！那西班牙臘腸、西班牙火腿、西班牙肉條乾和西班牙大臘腸的差別在哪裡呢？

Ana: El jamón es el rey de los embutidos españoles. Su sabor y aroma son inigualables. El chorizo, el lomo y el salchichón son más similares entre sí, pero hay varias diferencias.

安娜： 西班牙火腿是西班牙冷盤之王。它的味道和香氣是唯一的。西班牙臘腸、西班牙肉條乾和西班牙大臘腸則比較相似，但也有一些差異。

Pedro: ¿Sí? ¿Cuáles?

彼得： 是嗎？哪些？

Ana: Las diferencias fundamentales entre el chorizo, el lomo y el salchichón radican en los ingredientes que se emplean para su elaboración, en la condimentación y en el periodo de secado. Asimismo, el color de estos tres embutidos es diferente: el chorizo tiene un color rojizo, el lomo un color rojo y el salchichón un color rosado.

安娜： 西班牙臘腸、西班牙肉條乾和西班牙大臘腸主要的差別在於食材、調味和乾燥時間。此外，這三種西班牙冷盤的顏色是不同的：西班牙臘腸的顏色有一點偏紅、西班牙肉條乾是紅色的，而西班牙大臘腸偏粉紅色。

Pedro: ¡Eres toda una experta, Ana! ¡Muchas gracias por tu ayuda!

彼得： 你真是專家，安娜！非常謝謝妳的幫助！

Ana: ¡De nada, Pedro!

安娜： 不客氣，彼得！

Diálogo 2: Cómo preparar unas gambas al ajillo

對話二：蒜爆蝦仁食譜

Luisa: Recientemente he estado leyendo sobre las tapas españolas y me gustaría aprender a cocinar unas gambas al ajillo. ¿Sabes qué ingredientes hacen falta parar preparar unas gambas al ajillo?

路易莎：我最近在閱讀跟西班牙小吃有關的資料，並想學習煮蒜爆蝦仁。你知道需要哪些食材來準備蒜爆蝦仁嗎？

Juan: ¡Claro! Las gambas al ajillo son una de las tapas más populares de España. Son muy fáciles de preparar. Mira, para preparar una buena ración de gambas al ajillo hacen falta los siguientes ingredientes: medio kilo de gambas, cuatro dientes de ajo, una guindilla, aceite de oliva, sal y perejil.

胡安： 當然！蒜爆蝦仁為流行的西班牙小吃。很容易準備。妳看，為了準備好吃的蒜爆蝦仁需要下列食材：蝦一斤、四瓣大蒜、一個辣椒、橄欖油、鹽和香菜。

Luisa: ¿Cuáles son los pasos que debo seguir?

路易斯：我要怎麼遵循做法和步驟呢？

Juan: Primero, pela y trocea muy bien los ajos y la guindilla. Después, añade un poco de aceite de oliva en una sartén y echa los ajos y la guindilla. Mientras se van dorando, pela las gambas. Cuando estén peladas, añade las gambas y remueve todo. Por último, echa un poco de sal y perejil y remueve todo bien unos cuantos minutos.

胡安： 首先，將大蒜和辣椒切細。然後在平底鍋裡加入少許橄欖油以及放入大蒜和辣椒。當它們爆香時，你可以剝蝦。去完殼後，放入蝦，並攪拌全部。最後，取少許鹽和香菜，攪拌好幾分鐘。

Luisa:　　¿Ya está? ¿Tan fácil?

路易莎：是嗎？那麼容易？

Juan:　　Sí, es una receta fácil y deliciosa.

胡安：　　是的，這是一個簡單而美味的食譜。

Luisa:　　Prepararé unas gambas al ajillo este fin de semana, ya te contaré. ¡Gracias, Juan!

路易莎：這個週末我會準備蒜爆蝦仁，我會跟你報告一下。謝謝你，胡安！

Juan:　　¡De nada, Luisa!

胡安：　　不客氣，路易莎！

| Ejercicios 練習題 |

1. Completa los huecos con la palabra adecuada:

請將下列單字分別填入句子中。

Ingredientes   Gambas al ajillo   Aceite de oliva   Tapas

   a) Recientemente he estado leyendo sobre las _____ españolas
   y me gustaría aprender a cocinar unas _____.

   b) Mira, para preparar una buena ración de gambas al ajillo hacen falta
   los siguientes _____ : medio kilo de gambas, cuatro dientes
   de ajo, una guindilla, _____, sal y perejil.

2. Ordena las letras de las siguientes palabras y escribe su significado
   en chino:

請將以下單字改成正確詞彙並寫出中文意思。

jmeiollsne   uqsoe   ormiclal   mepaanlldisa

3. Escribe el nombre de cada tapa debajo de su fotografía:

請在照片下方填入正確的單字。

_____ _____ _____ _____

| Apuntes culturales 文化小提示 |

Las tapas no solo son una de las señas de identidad de la cultura gastronómica española, sino que también son una forma de vida. Estos aperitivos suelen acompañarse de una bebida. En compañía de amigos, familia o compañeros de trabajo, esta es una de las mejores maneras de socializar en España. El origen de las tapas se remonta a una anécdota protagonizada por el rey Alfonso XIII en una visita a Cádiz. Antes de regresar a palacio, el monarca se detuvo en el Ventorrillo del Chato, una venta de la zona, y pidió una copa de Jerez. Para evitar que arena de la playa se colara en la copa, el camarero tapó la copa con una loncha de jamón. Al rey le gustó la idea y tras comerse la loncha de jamón y beberse la copa de Jerez, pidió otra copa con otra tapa igual. Los presentes emularon a Alfonso XIII y desde entonces las bebidas acompañadas de un pequeño aperitivo, la tapa, comenzaron a hacerse populares en España. En la actualidad, la cultura española no podría entenderse sin el valor gastronómico y social de las tapas, uno de los pequeños placeres mundanos.

西班牙小吃不僅是西班牙飲食文化的代表之一，也是一種生活方式。這些小吃通常伴隨著飲料。跟朋友、家人或同事一起吃小吃，是在西班牙社交最佳的途徑之一。小吃的起源可追溯到西班牙國王「阿方索十三世」（Alfonso XIII）到訪「加的斯」（Cádiz）的故事。國王在回到宮殿前，停留在當地一家叫做「Ventorrillo del Chato」的酒館，並點了一杯雪利酒。為了防止沙子跑進杯中，服務生用一片西班牙火腿覆蓋玻璃。國王很喜歡這個想法。吃完西班牙火腿和喝完一杯雪利酒後，又點了一杯覆蓋西

班牙火腿的雪利酒。其他人也跟著阿方索十三世這麼做。從那時候起，飲料一定會搭配開胃菜，小吃開始在西班牙成為流行。現在，如果不了解西班牙小吃的美味對社會造成的價值，便無法瞭解西班牙文化。西班牙小吃實為生活小確幸之一。

Unidad 5:
En un bar de tapas español

第五單元：在西班牙小吃店

▶ MP3-24

Los bares de tapas son un signo identitario de la cultura española. Disfrutar con amigos, familiares o compañeros de trabajo de algunas tapas acompañadas de una cerveza o un vino es una de las tradiciones españolas por excelencia.

小吃店為西班牙文化的身分標誌。與朋友、家人或同事伴隨著啤酒或葡萄酒，享受、品嚐小吃，是典型的西班牙傳統之一。

| Tabla de vocabulario 生詞表 |

西班牙文	詞性	中文
Aperitivo	陽性名詞	開胃菜
Bar de tapas	陽性名詞	小吃店
Barra	陰性名詞	吧檯
Bocadillo	陽性名詞	夾肉麵包
Brocheta	陰性名詞	串燒
Camarero	陽性名詞	服務生
Caña	陰性名詞	小杯啤酒
Chato de vino	陽性名詞	小杯葡萄酒
Clara	陰性名詞	檸檬啤酒
Costumbre	陰性名詞	習慣
Entremeses	陽性複數名詞	冷盤
Estar de pie	原型動詞	站著
Media ración	陰性名詞	半份
Montadito	陽性名詞	小三明治

預備單元

第一單元

第二單元

第三單元

第四單元

第五單元

西班牙文	詞性	中文
Palillo	陽性名詞	牙籤
Pincho	陽性名詞	品丘（一種小吃，底座是麵包，加上料，兩者用一根牙籤串在一起）
Ración	陰性名詞	份
Ronda	陰性名詞	輪
Sentarse	原型動詞	坐著
Surtido	陽性名詞	拼盤
Tapa	陰性名詞	小吃
Tapear	原型動詞	吃小吃
Terraza	陰性名詞	露台
Tostada	陰性名詞	吐司
Vermú	陽性名詞	威末酒

Diálogo 1: Pidiendo tapas en un bar de tapas español

對話一：在西班牙小吃店點小吃

Camarero: ¡Buenas tardes! ¿Qué desea?
服務生：　午安！您想要什麼？

Cliente:　¡Buenas tardes! Quería tomar algunas tapas.
客人：　　午安！我想要吃一些小吃。

Camarero: ¡Perfecto! ¡Todas nuestras tapas están para chuparse los dedos!
服務生：　太好了！我們所有的小吃很美味！

Cliente:　Póngame un pincho de tortilla de patata, una ración de jamón, media ración de queso y una ración de champiñones a la plancha.
客人：　　請給我一塊西班牙馬鈴薯蛋餅、一份西班牙火腿、半份起司和一份烤香菇。

Camarero: ¡Muy bien! ¿Y para beber?
服務生：　很好！您想要喝什麼呢？

Cliente:　Para beber, una caña, ¡gracias!
客人：　　我要喝一杯小杯啤酒，謝謝！

Camarero: ¡De nada! Aquí tiene sus tapas y su caña. Puede estar de pie en la barra o sentarse en la terraza para disfrutar de estas deliciosas tapas y de esta espumosa caña. ¡Que aproveche!
服務生：　不客氣！這是您的小吃和小杯啤酒。你可以站著在吧檯或坐著在露台享用這些美味小吃和這個新鮮小杯啤酒。請慢用！

Cliente:　¡Gracias!
客人：　　謝謝！

Diálogo 2: De tapas con amigos

對話二：跟朋友一起去吃小吃

Pedro: ¿Te apetece ir de tapas este sábado?

彼得： 這個星期六想要去吃小吃？

Ana: ¡Claro! ¡Me encanta tapear!

安娜： 當然！我熱愛吃小吃！

Pedro: ¡Vale! ¿Prefieres ir de pinchos o de raciones?

彼得： 好啊！你想要去吃一個一個的品丘還是一份一份的小吃？-

Ana: De pinchos, así podemos probar más cosas.

安娜： 一個一個的品丘，這樣子我們可以嘗試更多的東西。

Pedro: ¿A qué hora quedamos?

彼得： 我們約幾點？

Ana: A las seis de la tarde. Podemos quedar directamente en el bar de Antonio. Tiene una terraza muy grande y unas tapas muy ricas.

安娜： 下午六點。我們可以直接約在安東尼奧的小吃店 。露台很大，小吃很美味喔。

Pedro: ¡De acuerdo! La primera ronda corre de mi cuenta. ¡Hasta el sábado, Ana!

彼得： 好的！第一輪我請客。星期六見，安娜！

Ana: ¡Adiós, Pedro!

安娜： 再見，彼得！

| Ejercicios 練習題 |

1. Completa los huecos con la palabra adecuada:

請將下列單字分別填入句子中。

Terraza Ronda Caña Tapear

a) Para beber, una _____, ¡gracias!

b) ¡Claro! ¡Me encanta _____!

c) A las seis de la tarde. Podemos quedar directamente en el bar de Antonio. Tiene una _____ muy grande y unas tapas muy ricas.

d) ¡De acuerdo! La primera _____ corre de mi cuenta. ¡Hasta el sábado, Ana!

2. Ordena las letras de las siguientes palabras y escribe su significado en chino:

請將以下單字改成正確詞彙並寫出中文意思。

rbohceat omnatidot amcaeror uritods

3. Haz frases con las palabras dadas:

請用以下單字造句。

a) ¡tardes Buenas! tomar algunas Quería tapas.

b) ¡Perfecto! ¡nuestras Todas dedos chuparse los tapas están para!

c) ¿apetece ir Te tapas de sábado este?

d) ¿qué A quedamos hora?

預備單元

第一單元

第二單元

第三單元

第四單元

第五單元

| Apuntes culturales 文化小提示 |

En todas las ciudades y pueblos de la geografía española hay numerosos bares de tapas. Podemos clasificarlos según las tapas que sirven y cómo las sirven. Asimismo, uno debe tener en cuenta las distintas formas de pedir tapas en un bar. En España, hay bares de tapas donde solo sirven pequeños aperitivos, tapas, acompañados de una bebida. En estos bares, normalmente se pide tanto la tapa como la bebida al camarero. También hay bares de tapas donde solo se sirven raciones, platos más grandes de un producto determinado. Por norma general, hay que pedir estas raciones al camarero. Además, en los últimos años han surgido numerosos bares de tapas de pinchos. Estos bares especializados en pinchos, una tapa a base de una rebanada pequeña de pan con una porción de comida encima y un palillo que mantiene a ambos unidos, tienen expuestos sus productos en la barra. En algunos casos, es necesario pedirle directamente al camarero los pinchos que se quieren degustar, pero en otros el cliente puede coger directamente los pinchos de la barra. Lo más importante es no tirar nunca el palillo, clave a la hora de pagar. Por último, existen también numerosos bares de tapas donde el cliente puede escoger indistintamente entre una amplia variedad de tapas, raciones y pinchos.

西班牙的每個城市和城鎮都有很多小吃店。我們可以根據他們所提供的小吃，以及如何提供這些小吃來做區分。此外，我們也必須知道在小吃店點小吃的不同方式。在西班牙，有一些小吃店只提供小開胃菜、小吃伴隨著飲料。在這些小吃店，小吃和飲料通常都是直接向服務生點。而

另外一種小吃店只提供一份一份，也就是份量較大的某一種食物。一般來說，這些一份一份都要向服務生點。此外，近年來有許多品丘小吃店開幕。這些品丘專賣店都是在賣品丘，也就是一小片麵包，然後麵包上面有一份小食物，兩者用一根牙籤串在一起。品丘都是放在小吃店的吧檯。在某些情況下，必須直接告知服務生想要吃的品丘，但也有某些小吃店客人可以直接從吧檯拿取品丘。最重要的是不要把牙籤弄丟，因為這是付錢的關鍵（依牙籤數量計費）。最後，也有許多小吃店提供各式各樣的小吃、品丘讓客人選擇。

預備單元

第一單元

第二單元

第三單元

第四單元

第五單元

Unidad 6:
Platos españoles

第六單元：西班牙菜餚

▶ MP3-28

La comida es una parte muy importante de la cultura española. Algunos de los platos típicos españoles se incluyen en esta unidad. ¡No te olvides de probarlos cuando visites España! ¡No te arrepentirás!

美食是西班牙文化重要結構之一。這個單元將解釋部分經典西班牙菜餚，到西班牙的時候，千萬別忘了嚐嚐這些美食！這樣你才不會後悔喔！

| Tabla de vocabulario 生詞表 |

西班牙文	詞性	中文
Primer plato	陽性名詞	第一道菜（前菜）
Cocido de garbanzos	陽性名詞	鷹嘴豆燉肉湯
Ensalada mixta	陰性名詞	綜合沙拉
Gazpacho	陽性名詞	西班牙冷湯
Guisantes con jamón	陽性複數名詞	火腿豌豆
Lentejas con chorizo	陰性複數名詞	西班牙臘腸小扁豆
Migas	陰性複數名詞	炒麵包屑
Paella	陰性名詞	西班牙燉飯
Sopa	陰性名詞	湯
Segundo plato	陽性名詞	第二道菜（主菜）
Albóndigas caseras	陰性複數名詞	自製肉丸
Chuleta de cerdo	陰性名詞	豬排
Cochinillo asado	陽性名詞	烤乳豬
Costillas de cordero	陰性複數名詞	羊肋排

西班牙文	詞性	中文
Filete de ternera con patatas	陽性名詞	牛排佐馬鈴薯
Merluza a la romana	陰性名詞	炸鱈魚
Pechugas de pollo a la plancha	陰性複數名詞	嫩煎雞胸肉
Pulpo a la gallega	陽性名詞	加利西亞風味章魚
Tortilla de patata	陰性名詞	西班牙馬鈴薯蛋餅
Postre	陽性名詞	甜點
Arroz con leche	陽性名詞	米布丁
Flan	陽性名詞	布丁
Helado	陽性名詞	冰淇淋
Natillas	陰性複數名詞	卡士達
Yogur	陽性名詞	優酪乳

Diálogo 1: Los platos típicos de cada región de España

對話一：西班牙各地區經典菜餚

Juan: El año que viene voy a ir a España de vacaciones. ¿Sabes cuáles son los platos típicos más importantes de España?

胡安：明年我會去西班牙渡假。妳知道有哪些最重要的經典西班牙菜餚呢？

Ana: En España hay una oferta gastronómica muy variada y cada región tiene sus propios platos típicos. Dependiendo de gustos y presupuesto, la gastronomía española se adapta a todo tipo de paladares y bolsillos.

安娜：西班牙擁有多元不同風味的菜餚，每個地區都有道地的菜餚。可以根據你的喜好和預算，來選擇各種合適的西班牙美食。

Juan: ¡Qué bien! Esta es la primera vez que viajo a España. ¿Podrías recomendarme algunos platos típicos?

胡安：太好了！這是我第一次要去西班牙。妳能推薦一些經典菜餚給我嗎？

Ana: ¡Claro! Si viajas al centro de España, debes probar el cochinillo asado. Uno de los mejores lugares para degustarlo es Segovia. Si optas por el norte, las legumbres, los pescados y las carnes son abundantes, así que cualquiera de estas opciones sería una buena elección. Si prefieres viajar al sur, acuérdate de probar el gazpacho, típico de Andalucía. ¡Está para chuparse los dedos! Si viajas al este, la paella en cualquiera de sus versiones te hará disfrutar de una agradable velada. Y por último, si decides visitar el oeste del país, no te olvides de hacer una parada en Galicia, tierra con unos excelentes mariscos cuyo plato más famoso es el pulpo a la gallega.

預備單元

第一單元

第二單元

第三單元

第四單元

第五單元

第六單元

安娜：當然！如果去到西班牙的中部，在塞哥維亞（Segovia）有一個不錯的地方可以品嚐烤乳豬，你必須嘗試看看。如果選擇前往北部，豆類、魚類和肉類種類豐富，所以其中任何一個都是不錯的選擇。如果你想要去南部旅行，記得要嘗試安達盧西亞（Andalucía）之經典菜餚——西班牙冷湯。真美味！如果你往東部，不同食材的西班牙燉飯會讓你享受一個愉快的夜晚。最後，如果你決定拜訪西部，別忘了停在加利西亞（Galicia），該地區擁有優良的海鮮，其中最著名的是加利西亞風味章魚。

Juan: ¡Madre mía! ¡Qué variedad de platos! ¡Muchas gracias, Ana! Espero poder probar todos estos deliciosos platos durante mis vacaciones en España.

胡安：我的天啊！什麼各式各樣的菜餚都有！謝謝妳，安娜！希望我在西班牙渡假能嘗試所有這些美味佳餚。

Ana: ¡De nada, Juan! Espero que disfrutes de tus vacaciones en España y aproveches tu tiempo en ese paraíso de la gastronomía.

安娜：不客氣，胡安！我希望你能享受你的西班牙假期和充分利用在那個美食天堂的時間。

Diálogo 2: Cómo preparar una paella de marisco

對話二：西班牙海鮮燉飯食譜

Luisa: Recientemente he estado leyendo sobre la gastronomía española y me gustaría aprender a cocinar una paella. ¿Sabes qué ingredientes hacen falta para preparar una paella?

路易莎：我最近在閱讀跟西班牙美食有關的資料，並想學習煮西班牙燉飯。你知道需要哪些食材來準備西班牙燉飯嗎？

Pedro: ¿Qué tipo de paella quieres preparar? Además de la famosa paella de marisco, existen otros tipos de paella, como la paella valenciana, la paella de carne, la paella mixta y la paella negra, entre otros.

彼得：　妳想要準備哪類的西班牙燉飯？除了著名的西班牙海鮮燉飯外，還有其他類型的西班牙燉飯，如瓦倫西亞式燉飯、肉燉飯、綜合燉飯、墨魚燉飯等等。

Luisa: ¡Qué difícil elección! Bueno, esta vez cocinaré una paella de marisco.

路易莎：好難的選擇！那這一次我來煮西班牙海鮮燉飯。

Pedro: ¡Perfecto! Mira, para preparar una buena paella de marisco para dos personas hacen falta los siguientes ingredientes: cinco cucharadas de aceite de oliva, media cebolla, un diente de ajo, tres cucharadas de tomate frito, diez almejas, cuatro mejillones, un calamar, doce gambas, cuatro cigalas, medio litro de caldo de pescado y 200 gramos de arroz.

彼得：　太好了！妳看，為了準備好吃的兩人份西班牙海鮮燉飯，需要下列食材：橄欖油五湯匙、半個洋蔥、一瓣大蒜、番茄醬三湯匙、十個蛤蠣、四個九孔、一條魷魚、十二隻蝦子、四隻小龍蝦、半公升魚湯和 200 克米。

Luisa: Vale, ¿y cómo la preparo? ¿Cuáles son los pasos que debo seguir?

路易莎：好啊，那該如何準備？我要怎麼遵循做法和步驟呢？

⏵ MP3-30

預備單元

第一單元

第二單元

第三單元

第四單元

第五單元

第六單元

Pedro: En primer lugar, haces un sofrito con el aceite de oliva, el ajo picado y la cebolla picada en la paellera. Cuando esté dorado todo, echas el calamar cortado. Después, añades las gambas y las sofríes, y a continuación las almejas y los mejillones. Más tarde, echas el arroz y lo remueves para que coja el sabor del sofrito. Añades el tomate frito y el caldo de pescado. Remueves todo y cuando empiece a hervir, pones el fuego a media intensidad y dejas que el caldo de pescado se vaya reduciendo poco a poco. Pasados quince minutos, pones las cigalas encima y pasados otros cinco minutos, apagas el fuego. Dejas reposar la paella de marisco unos minutos y ya está lista para comer. ¡Que aproveche!

彼得： 首先，在西班牙燉飯專用的平底鍋中倒入橄欖油、翻炒切碎的大蒜和洋蔥。當焦黃時，加入魷魚切片再來加入蝦子，繼續翻炒，最後加入蛤蠣和九孔。稍後，把米加入並攪拌所有食材讓米把味道吸收後接著加入番茄醬和魚湯。攪拌後等鍋內開始滾時，把火調到中等強度，讓魚湯慢慢地煮到湯汁收乾。十五分鐘後，擺上小龍蝦，再過五分鐘，你就可以關火。讓西班牙海鮮燉飯休息幾分鐘，然後就可以吃了。請享用！

Luisa: ¡Gracias, Pedro! ¡Eres todo un experto! Ya te contaré si he tenido éxito con la paella de marisco.

路易莎：謝謝你，彼得！你真是專家！我會告訴你我的西班牙海鮮燉飯是否成功。

Pedro: ¡De acuerdo, Luisa! ¡Que vaya todo bien! ¡Adiós!

彼得： 好的，路易莎！祝一切順利！再見！

| Ejercicios 練習題 |

1. Completa los huecos con la palabra adecuada:

請將下列單字分別填入句子中。

Arroz　Platos　Cochinillo asado　Paella de marisco

a) ¿Sabes cuáles son los _____ típicos más importantes de España?

b) Si viajas al centro de España, debes probar el _____.
Uno de los mejores lugares para degustarlo es Segovia.

c) Además de la famosa _____, existen otros tipos de paella, como la paella valenciana, la paella de carne, la paella mixta y la paella negra, entre otros.

d) Más tarde, echas el _____ y lo remueves para que coja el sabor del sofrito.

2. Clasifica las siguientes palabras según su significado:

請將以下單字依照語義分類。

Chuleta de cerdo　Arroz con leche　Lentejas con chorizo　Yogur

Cocido de garbanzos　Helado　Sopa　Pechugas de pollo a la plancha

Primer plato	Segundo plato	Postre

3. Escribe el nombre de cada plato debajo de su fotografía:

請在照片下方填入正確的單字。

_____ _____ _____ _____

| Apuntes culturales 文化小提示 |

Una comida tradicional en España consta de tres platos: primer plato, segundo plato y postre. La comida suele acompañarse de vino, agua y pan. Además, después del postre es habitual tomar café y, en ocasiones, algún licor. La variedad de primeros platos es muy amplia, incluyendo legumbres, verduras, ensaladas, sopas y cocidos. De segundo suele tomarse generalmente carne o pescado, ya sea asado, cocido o a la plancha. De postre es costumbre tomar un dulce o una pieza de fruta. Los amantes del café están de enhorabuena en España, donde podrán elegir entre una amplia variedad de cafés para acompañar la sobremesa. Para quienes prefieran tomar té, en la mayoría de los restaurantes españoles también hay una selección de tés e infusiones. Por último, todos los restaurantes ofrecen una gran variedad de licores, nacionales y de importación. ¿Te apetece degustar estos platos típicos españoles en un restaurante español? En la siguiente unidad encontrarás información sobre cómo hacer una reserva en un restaurante, cómo pedir diferentes platos y cómo pedir la cuenta.

在西班牙，傳統午餐包含三道菜：第一道菜（前菜）、第二道菜（主菜）和甜點。午餐通常搭配著葡萄酒、水和麵包。此外，甜點之後有時會喝咖啡，有時也會喝一些烈酒。第一道菜（前菜）的品種非常廣泛，包含豆類、蔬菜、沙拉、湯和肉湯。第二道菜（主菜）通常是以烤的、燉的或煎的肉或魚類為主。餐後甜點則習慣吃甜食或水果。咖啡愛好者很幸運，在西班牙飯後聊天的同時，也有眾多的咖啡種類可以選擇。對於喜歡喝茶的人，在西班牙大多數餐廳也有茶和花草茶的選擇。最後，所有的餐廳都有提供西班牙國內或是進口的各種烈酒。你想在一間西班牙餐

▶ MP3-31

預備單元

第一單元

第二單元

第三單元

第四單元

第五單元

第六單元

廳品嚐這些經典的西班牙菜餚嗎？在下一個單元，你會找到一些有關餐廳如何訂位、如何點餐以及如何買單的資訊。

Unidad 7:
En un restaurante español

第七單元：在西班牙餐廳

▶ MP3-32

En España hay numerosos restaurantes especializados en comida de diferentes nacionalidades, pero los que más abundan son los restaurantes de comida española. Entre estos restaurantes españoles, hay varios que cuentan con estrellas Michelin, fruto del buen hacer de los cocineros españoles. La variada oferta de restaurantes para todos los bolsillos hará las delicias de mayores y pequeños.

在西班牙有許多不同國籍的餐廳，但最多的是當地西班牙餐廳。其中西班牙餐廳，有幾家有米其林星，凸顯出來西班牙廚師的優勢。各式各樣的餐廳，可符合不同的預算、以及滿足年長者或年輕人。

| Tabla de vocabulario 生詞表 |

西班牙文	詞性	中文
Algo	代名詞	某個
Carta	陰性名詞	菜單
Cocinero	陽性名詞	廚師
Cuenta	陰性名詞	帳單
Especialidad de la casa	陰性名詞	招牌菜
Impuesto sobre el Valor Añadido (IVA)	陽性名詞	增值稅
Libro de reclamaciones	陽性名詞	投訴書
Maître	陽性名詞	餐廳經理
Más	副詞	更多、較多
Menos	副詞	更少、較少
Menú del día	陽性名詞	今日特餐
Mesa	陰性名詞	桌子
Pagar con tarjeta	原型動詞	刷卡
Pagar en efectivo	原型動詞	付現

西班牙文	詞性	中文
Persona	陰性名詞	人
Preferir	原型動詞	比較想要、比較喜歡
Propina	陰性名詞	小費
Recomendar	原型動詞	推薦
Reserva	陰性名詞	訂位
Restaurante	陽性名詞	餐廳
Salero	陽性名詞	鹽瓶
Servilleta	陰性名詞	餐巾
Servilletero	陽性名詞	餐巾盒
Silla	陰性名詞	椅子
Tomar	原型動詞	喝、吃

Diálogo 1: Haciendo una reserva en un restaurante español

對話一：在西班牙餐廳訂位

Camarero: ¡Buenas tardes! ¿Qué desea?
服務生： 午安！您想要什麼？

Cliente: ¡Buenas tardes! Quería hacer una reserva.
客人： 午安！我想要訂位。

Camarero: ¿Para cuándo?
服務生： 您想要訂什麼時候呢？

Cliente: Para el próximo martes a las nueve y media de la noche.
客人： 下星期二，晚上九點半。

Camarero: ¿Para cuántas personas?
服務生： 幾位？

Cliente: Para una persona.
客人： 一位。

Camarero: ¿A nombre de quién?
服務生： 請問訂位大名？

Cliente: A nombre de Juan Pérez.
客人： 胡安・佩雷斯（Juan Pérez）。

Camarero: No hay ningún inconveniente. Su reserva está confirmada. ¿Hay algo más que pueda hacer por usted?
服務生： 沒問題。您的訂位已確認。您還需要什麼服務？

Cliente: No, eso es todo. ¡Gracias!
客人： 不用，就這樣。謝謝！

Camarero: ¡Gracias a usted y que tenga un buen día!
服務生： 謝謝您，並祝您有一個美好的一天！

預備單元

第一單元

第二單元

第三單元

第四單元

第五單元

第六單元

第七單元

Diálogo 2: Pidiendo comida en un restaurante español

對話二：在西班牙餐廳點餐

Camarero: ¡Buenas noches! ¿Tenía reserva?
服務生：　晚安！您有訂位嗎？

Cliente:　¡Buenas noches! Sí, tenía reservada una mesa a nombre de Juan Pérez.
客人：　　晚安！是的，訂位大名為胡安‧佩雷斯（Juan Pérez）。

Camarero: Sí, pase por aquí, por favor.
服務生：　是的，請進。

Cliente:　¡Gracias!
客人：　　謝謝！

Camarero: Aquí tiene el menú del día y la carta.
服務生：　我先給您今日特餐和菜單。

Cliente:　¡Gracias! Con el menú del día será suficiente.
客人：　　謝謝！今日特餐應該夠了。

Camarero: Como desee. ¿Qué va a tomar de primero?
服務生：　如您所願。第一道菜想要吃什麼？

Cliente:　De primero, lentejas con chorizo.
客人：　　第一道菜，西班牙臘腸小扁豆。

Camarero: ¿Y de segundo?
服務生：　第二道菜呢？

預備單元
第一單元
第二單元
第三單元
第四單元
第五單元
第六單元
第七單元

Cliente: De segundo, filete de ternera con patatas.
客人： 第二道菜，牛排佐馬鈴薯。

Camarero: ¡Excelente elección! ¿Y para beber?
服務生： 最佳選擇！您想要喝什麼呢？

Cliente: Vino tinto, por favor.
客人： 請給我紅酒。

(Media hora más tarde)（半小時後）

Camarero: ¿Qué tal todo?
服務生： 菜餚如何？

Cliente: Todo está muy bueno, gracias.
客人： 都很好吃喔，謝謝。

Camarero: ¿Qué quiere tomar de postre?
服務生： 甜點想要吃什麼？

Cliente: Natillas.
客人： 卡士達。

Camarero: ¿Cafés o infusiones?
服務生： 想要喝咖啡或茶包嗎？

Cliente: Un café solo, por favor.
客人： 請給我一杯黑咖啡。

(15 minutos más tarde)（十五分鐘後）

Cliente:　　Por favor, ¿me trae la cuenta?
客人：　　　請買單。

Camarero:　Sí, aquí tiene.
服務生：　　是的，在這裡（給你）。

Cliente:　　Pagaré en efectivo.
客人：　　　我想要付現。

Camarero:　¡De acuerdo! ¡Sin ningún problema!
服務生：　　好的！沒問題！

Cliente:　　Aquí tiene. ¡Muchas gracias!
客人：　　　在這裡（給你）。非常謝謝！

Camarero:　¡Gracias a usted! ¡Hasta luego!
服務生：　　謝謝您！待會見！

Cliente:　　¡Adiós!
客人：　　　再見！

| Ejercicios 練習題 |

1. Después de leer el diálogo 2, responde a las siguientes preguntas:

讀完對話二後，請回答下列問題。

   a) ¿Qué va a tomar de primero?

   b) ¿Y de segundo?

   c) ¿Y para beber?

   d) ¿Qué quiere tomar de postre?

2. Completa los huecos con la palabra adecuada:

請將下列單字分別填入句子中。

Cuenta　Efectivo　Gracias　Vino

   a) _____ tinto, por favor.

   b) Por favor, ¿me trae la _____?

   c) Pagaré en _____.

   d) ¡_____ a usted! ¡Hasta luego!

3. Escribe el nombre de cada objeto debajo de su fotografía:

請在照片下方填入正確的單字。

_____　_____　_____　_____

| Apuntes culturales 文化小提示 |

En España hay tres comidas principales: el desayuno, la comida y la cena. La primera comida del día, el desayuno, no suele ser muy abundante. El desayuno normalmente tiene lugar entre las siete y las nueve de la mañana y la mayoría de la gente toma para desayunar zumo, tostadas, galletas, bollos, cereales o fruta, acompañados de café, café con leche o leche. La ingesta de alimentos más importante del día, la comida, también llamada almuerzo, se realiza entre las dos y las tres de la tarde. La comida tradicional consta de tres platos: un primer plato, a base de verduras, legumbres, pasta o arroz; un segundo plato, normalmente carne o pescado; y un postre, que consiste en una pieza de fruta o algún dulce. Es habitual acompañar la comida con pan y vino y tomar un café después del postre. La cena, entre las nueve y las diez de la noche, suele ser mucho más ligera que la comida y consta de un plato principal, como sopa, ensalada, verdura o huevos, y un postre, normalmente una pieza de fruta o un yogur.

在西班牙有三個主餐：早餐、午餐和晚餐。每天第一餐，早餐，通常不是很充裕。早餐通常是從早上七點到九之間食用，大多數人早餐喝果汁及吃吐司、餅乾、鬆餅、穀類或水果，伴隨著咖啡、拿鐵或牛奶。每天最重要的一餐，午餐，於下午兩點到三點之間進行。傳統的午餐包括三道菜：第一道菜，任選蔬菜、豆類、麵食或米飯；第二道菜，通常是肉或魚；最後則是甜點，任選一個水果或甜食。吃午餐時都會有麵包和葡萄酒，吃完甜點通常會喝咖啡。晚餐於晚上九點到十點之間進行，通常會比午餐輕多了，包括一個主菜，如湯、沙拉、蔬菜或雞蛋，最後則是甜點，平時為一個水果或優酪乳。

預備單元

第一單元

第二單元

第三單元

第四單元

第五單元

第六單元

第七單元

Unidad 8:
Bebidas españolas

第八單元：西班牙飲品

▶ MP3-36

La bebida española por excelencia es el vino. Con sus numerosas bodegas, algunas de las cuales están abiertas al público, la amplia oferta de vinos de España hará las delicias de los más exigentes paladares.

西班牙最著名的飲品為葡萄酒。有許多酒廠，部分開放給一般民眾參觀。西班牙多樣的葡萄酒，將滿足您最挑剔的味蕾。

| Tabla de vocabulario 生詞表 |

西班牙文	詞性	中文
Bebida	陰性名詞	飲料
Agua	陰性名詞	水
Agua con gas	陰性名詞	氣泡水
Agua mineral	陰性名詞	礦泉水
Batido	陽性名詞	奶昔
Café	陽性名詞	咖啡
Café solo	陽性名詞	黑咖啡
Café con leche	陽性名詞	拿鐵
Champán	陽性名詞	香檳酒
Cava	陽性名詞	西班牙氣泡酒
Cerveza	陰性名詞	啤酒
Coca-cola	陰性名詞	可口可樂
Cortado	陽性名詞	告爾多咖啡（西班牙傳統咖啡，由三分之二的咖啡加上三分之一的牛奶組成）

西班牙文	詞性	中文
Granizado	陽性名詞	冰沙
Horchata	陰性名詞	杏仁茶
Mosto	陽性名詞	葡萄漿（西班牙著名飲品，是未發酵的葡萄酒，類似葡萄汁，內含葡萄皮、葡萄籽和其他成分）
Refresco	陽性名詞	汽水
Sangría	陰性名詞	西班牙水果酒
Sidra	陰性名詞	蘋果酒
Té	陽性名詞	茶
Vino	陽性名詞	葡萄酒
Vino blanco	陽性名詞	白酒
Vino rosado	陽性名詞	粉紅酒
Vino tinto	陽性名詞	紅酒
Zumo	陽性名詞	果汁

Diálogo 1: Comprando bebida

對話一：買飲料

Pedro:　Luisa, solo tenemos agua en el frigorífico. ¿Vamos al supermercado a comprar bebida?

彼得：　路易莎，冰箱只剩水。要不要去超市買飲料？

Luisa:　¡Vale! ¿Qué quieres comprar?

路易莎：好啊！你想要買什麼？

Pedro:　Una botella de cava, dos botellas de mosto y seis latas de coca-cola.

彼得：　一瓶西班牙氣泡酒、兩瓶葡萄漿和六罐可口可樂。

Luisa:　¿Y zumo?

路易莎：果汁呢？

Pedro:　Si quieres, podemos comprar también zumo.

彼得：　如果妳想要，我們也可以買果汁。

Luisa:　¡De acuerdo! Mi bebida favorita es el zumo de naranja.

路易莎：好的！我最喜歡的飲料是柳橙汁。

Pedro:　Antes de ir al supermercado, ¿te apetece tomar un café en casa?

彼得：　去超市前，你想要在家裡喝一杯咖啡嗎？

Luisa:　¡Buena idea! ¡Tomamos un café con leche y vamos al supermercado!

路易莎：好主意！我們先喝一杯拿鐵，然後我們就去超市！

Diálogo 2: Visitando una bodega

對話二：拜訪一個酒廠

Juan: ¿Tienes algún plan para este domingo?
胡安： 這個星期天妳有任何計劃嗎？

Ana: No, de momento no.
安娜： 沒有，目前沒有。

Juan: Pues yo tengo uno: podemos ir a visitar una bodega.
胡安： 那我有一個：我們可以去拜訪一個酒廠。

Ana: ¡Vale! ¿En qué consiste la visita?
安娜： 好啊！拜訪包含什麼？

Juan: Durante la visita se recorren las instalaciones de la bodega y se catan tres tipos de vinos: un vino blanco, un vino rosado y un vino tinto.
胡安： 拜訪中會看到酒廠設施，並試喝三種葡萄酒：白酒、粉紅酒和紅酒。

Ana: ¿Y después de la visita podemos comprar vino en la bodega?
安娜： 拜訪完之後我們可以在酒廠買葡萄酒嗎？

Juan: Sí, la bodega tiene una tienda donde podemos comprar vino.
胡安： 是的，酒廠有一個我們可以買葡萄酒的商店。

Ana: ¡Qué guay! ¡Seguro que lo pasaremos muy bien! ¡Hasta el domingo, Juan!
安娜： 太棒了！我們一定會玩得很開心！星期天見，胡安！

Juan: ¡Adiós, Ana!
胡安： 再見，安娜！

| Ejercicios 練習題 |

1. Ordena las letras de las siguientes palabras y escribe su significado en chino:

   請將以下單字改成正確詞彙並寫出中文意思。

   atbiod   raginazod   torhcaha   idars

2. Haz frases con las palabras dadas:

   請用以下單字造句。

   a) quieres Si, zumo podemos también comprar.

   b) ¿plan algún para domingo Tienes este?

   c) yo uno tengo Pues: ir a podemos bodega visitar una.

   d) Sí, tiene tienda una la bodega podemos vino donde comprar.

3. Escribe el nombre de cada bebida debajo de su fotografía:

   請在照片下方填入正確的單字。

_____   _____   _____   _____

| Apuntes culturales 文化小提示 |

El vino y España están íntimamente ligados. La cultura gastronómica española no puede entenderse sin la presencia del vino, elemento fundamental de la dieta mediterránea. Las comarcas vinícolas españolas cultivan unos caldos de renombre a nivel internacional. De hecho, España es el país con más variedades de vinos del mundo. Los vinos españoles suelen clasificarse según su color (vino tinto, vino blanco o vino rosado) y edad (joven, crianza, reserva y gran reserva). Asimismo, España cuenta con numerosas Denominaciones de Origen (D.O.), una certificación geográfica de calidad que contribuye a proteger y fomentar vinos de calidad. Entre alrededor de setenta Denominaciones de Origen de vinos a nivel nacional, las dos principales Denominaciones de Origen de España son Ribera del Duero y Rioja. El vino es, pues, el mejor acompañante de una deliciosa gastronomía. Una agradable velada gastronómica regada por un buen vino español dejará satisfechos a todos los participantes.

葡萄酒和西班牙有著密切的關係。如果沒有葡萄酒的存在，便無法瞭解西班牙美食文化，因為它是地中海飲食的基本要素。西班牙葡萄酒產區，培育出一些享譽國際的葡萄酒。事實上，西班牙是全世界葡萄酒品種最多的國家。西班牙葡萄酒可以分類：依據顏色（紅酒、白酒或粉紅酒）和年齡（年輕、陳釀、珍藏和特級珍藏）。此外，西班牙

有許多「優良地區餐酒」的大產區，受到高品質的地理認證，有助於保護和促進優質葡萄酒。在西班牙約七十個「優良地區餐酒」的國內大產區中，主要兩個大產區為「斗羅河岸」（Ribera del Duero）和「利奧哈」（Rioja）。因此，葡萄酒的美味是食品的最佳伴侶。搭配好的西班牙葡萄酒來享用晚餐，會使所有用餐者感到愉悅和滿足。

註：D.O. 為 Denominaciones de Origen 的縮寫。

預備單元

第一單元

第二單元

第三單元

第四單元

第五單元

第六單元

第七單元

第八單元

Unidad 9:
En una cafetería española

第九單元：在西班牙咖啡廳

▶ MP3-40

En las agradables cafeterías españolas puede disfrutarse de un buen café. Los amantes del café están de enhorabuena en España, ya que todas las cafeterías cuentan con una amplia gama de cafés.

在西班牙舒適的咖啡廳可以享受美味的咖啡。咖啡愛好者在西班牙很幸運，因每家咖啡廳都有著種類多元的咖啡。

| Tabla de vocabulario 生詞表 |

西班牙文	詞性	中文
Azúcar	陽性名詞	糖
Bebida alcohólica	陰性名詞	含酒精飲料
Bebida sin alcohol	陰性名詞	無酒精飲料
Bolsa de patatas fritas	陰性名詞	洋芋片
Cafetería	陰性名詞	咖啡廳
Carajillo	陽性名詞	茴香酒咖啡
Churros con chocolate	陽性複數名詞	吉拿棒沾巧克力
Coñac	陽性名詞	干邑白蘭地
Cruasán	陽性名詞	可頌
Cucharilla	陰性名詞	小湯匙
Dulce	形容詞、陽性名詞	甜的、甜食
Ensaimada	陰性名詞	茵賽瑪達
Frutos secos	陽性複數名詞	堅果
Galleta	陰性名詞	餅乾

西班牙文	詞性	中文
Hielo	陽性名詞	冰塊
Leche	陰性名詞	牛奶
Magdalena	陰性名詞	杯子蛋糕
Manzanilla	陰性名詞	洋甘菊
Orujo	陽性名詞	蒸餾烈酒
Poleo	陽性名詞	薄荷茶
Remover	原型動詞	攪拌
Sacarina	陰性名詞	糖精
Salado	形容詞	鹹的
Tarta	陰性名詞	蛋糕
Té con leche	陽性名詞	奶茶

Diálogo 1: Pidiendo bebida en una cafetería española

對話一：在西班牙咖啡廳點飲料

Camarero: ¡Buenas tardes! ¿Qué desea?
服務生： 午安！您想要什麼？

Cliente: ¡Buenas tardes! Me gustaría tomar una bebida sin alcohol. ¿Tienen poleo?
客人： 午安！我想要喝一杯無酒精飲料。您們有薄荷茶嗎？

Camarero: No, no tenemos poleo, lo siento.
服務生： 沒有，我們沒有薄荷茶，抱歉。

Cliente: ¡No pasa nada! Póngame un café con leche.
客人： 沒關係！請給我一杯拿鐵。

Camarero: De acuerdo. ¿Necesita azúcar o sacarina?
服務生： 好的。您需要糖或糖精嗎？

Cliente: Azúcar, gracias, y una cucharilla para remover todo.
客人： 糖，謝謝，還有一個小湯匙攪拌一下。

Camarero: Aquí tiene su café con leche, su azúcar y su cucharilla.
服務生： 您的拿鐵、糖和小湯匙在這裡。

Cliente: ¡Muchas gracias! ¡Hasta luego!
客人： 非常謝謝！待會見！

Camarero: ¡Adiós!
服務生： 再見！

預備單元

第一單元

第二單元

第三單元

第四單元

第五單元

第六單元

第七單元

第八單元

第九單元

Diálogo 2: Pidiendo dulce en una cafetería española

對話二：在西班牙咖啡廳點甜食

Camarero:　¡Buenos días! ¿Qué quería?
服務生：　　早安！您想要什麼？

Cliente:　　¡Buenos días! ¿Sirven desayunos a estas horas?
客人：　　　早安！這麼晚還提供早餐嗎？

Camarero:　Sí, sí, claro, ¿qué desea?
服務生：　　是的，是的，當然，您想要什麼？

Cliente:　　Un cortado y dos ensaimadas, por favor.
客人：　　　請給我一杯告爾多咖啡和兩個茵賽瑪達（蝸牛麵包）。

Camarero:　¡Muy bien! ¿Algo más?
服務生：　　很好！還想要其他東西嗎？

Cliente:　　No, eso es todo. ¡Gracias!
客人：　　　不用，就這樣。謝謝！

Camarero:　Aquí tiene el cortado y las dos ensaimadas. ¡Que tenga un buen día!
服務生：　　您的告爾多咖啡和兩個茵賽瑪達在這裡。祝您有一個美好的一天！

Cliente:　　¡Gracias, igualmente! ¡Adiós!
客人：　　　謝謝，你也是！再見！

Camarero:　¡Hasta luego!
服務生：　　待會見！

| Ejercicios 練習題 |

1. Completa los huecos con la palabra adecuada:

請將下列單字分別填入句子中。

Cortado　Azúcar　Bebida sin alcohol　Leche

a) ¡Buenas tardes! Me gustaría tomar una _____. ¿Tienen poleo?

b) De acuerdo. ¿Necesita _____ o sacarina?

c) Aquí tiene su café con _____, su azúcar y su cucharilla.

d) Un _____ y dos ensaimadas, por favor.

2. Clasifica las siguientes palabras según su significado:

請將以下單字依照語義分類。

Té con leche　Orujo　Vino　Leche　Coñac　Manzanilla

Bebida alcohólica	Bebida sin alcohol

3. Escribe el nombre de cada dulce debajo de su fotografía:

請在照片下方填入正確的單字。

_____ _____ _____ _____

| Apuntes culturales 文化小提示 |

Entre la comida y bebida que podemos encontrar habitualmente en las cafeterías españolas, destaca un dulce típico para deleite de grandes y pequeños: los churros con chocolate. Los churros, dulce normalmente hecho a base de agua, harina, aceite, sal  y azúcar, acompañados de una taza de chocolate caliente suelen tomarse para desayunar y son especialmente populares en España durante los meses de invierno, cuando el frío llega a la Península Ibérica. El origen de los churros en España se remonta al siglo XIX, cuando este delicioso manjar era un producto habitual en las ferias ambulantes que recorrían el país. En la actualidad, además de poder disfrutar de los churros en las cafeterías, algunas de las ferias ambulantes que recorren las ciudades españolas cuentan con una churrería, un establecimiento itinerante especializado en la venta de churros. Ya sea por unidades, por medias docenas o por docenas, los churros harán las delicias de toda la familia.

通常在西班牙咖啡廳的餐點和飲料中，都可以找到任何年輕人和老人都愛的傳統甜食：吉拿棒沾熱巧克力。吉拿棒這個甜食，由水、麵粉、油、鹽和糖做成，伴著一杯熱巧克力，通常當作早餐，在西班牙的冬季特別流行，尤其是冷天氣到達伊比利亞半島（Península Ibérica）的時候。在西班牙，吉拿棒的由來可追溯到十九世紀，這種美味的佳餚，當時是走遍全國嘉年華會的共同產物。如今，除了能在咖啡廳享受吉拿棒之外，一些穿梭於西班牙城市的嘉年華會也會出現吉拿棒店，一個因為巡迴而設立的專賣店專門賣吉拿棒。無論是點一個、半打或一打，吉拿棒會讓全家食指大動。

Unidad 10:
En un bar de copas español

第十單元：在西班牙酒吧

▶ MP3-44

Los bares de copas y la fiesta son otras de las señas de identidad de la cultura española. La diversión en los bares de copas está asegurada. Pero recuerda: si bebes no conduzcas.

酒吧和派對是西班牙文化的重要指標。在酒吧保證樂趣無窮，但請記住：喝酒不開車。

| Tabla de vocabulario 生詞表 |

西班牙文	詞性	中文
Amigo	陽性名詞	朋友
Bailar	原型動詞	跳舞
Banqueta	陰性名詞	高腳椅
Bar de copas	陽性名詞	酒吧、夜店
Botella	陰性名詞	瓶子
Botellón	陽性名詞	聚酒
Cóctel	陽性名詞	調酒
Copa	陰性名詞	高腳杯
Cubata	陽性名詞	調酒
Chupito	陽性名詞	啾比特酒（是西班牙傳統飲料，指小杯的酒，酒杯大約五公分高，通常一兩口可以把它喝完）
Discoteca	陰性名詞	舞廳
Escuchar	原型動詞	聽

西班牙文	詞性	中文
Fiesta	陰性名詞	派對
Fumar	原型動詞	抽煙
Ir de copas	原型動詞	去喝酒
Jarra	陰性名詞	壺
Karaoke	陽性名詞	KTV
Música	陰性名詞	音樂
Noche	陰性名詞	晚上
Pagar entrada	原型動詞	付門票
Pista de baile	陰性名詞	舞池
Quedar	原型動詞	約
Resaca	陰性名詞	宿醉
Salir de marcha	原型動詞	去派對
Zona VIP	陰性名詞	VIP 室

預備單元
第一單元
第二單元
第三單元
第四單元
第五單元
第六單元
第七單元
第八單元
第九單元
第十單元

Diálogo 1: Quedando para salir de marcha en España

對話一：在西班牙約去派對

Juan: ¿Quieres salir de marcha esta noche?
胡安： 今天晚上你想要去派對嗎？

Ana: No, el lunes tengo un examen muy importante.
安娜： 不，星期一我有一個很重要的考試。

Juan: ¡Pero hoy es sábado! ¡Vamos, lo pasaremos bien!
胡安： 但今天是星期六！來吧，我們會玩得開心！

Ana: ¡Vale, pero solo un par de horas!
安娜： 好啊，但只有兩個小時左右！

Juan: ¡Perfecto! ¿A qué hora quedamos?
胡安： 太好了！我們約幾點？

Ana: A las 11 de la noche, ¿te va bien?
安娜： 晚上十一點，你方便嗎？

Juan: ¡Sí! ¿Y dónde quedamos?
胡安： 是的，我們約哪裡？

Ana: Podemos quedar en la puerta de mi casa y vamos juntos al bar de copas.
安娜： 我們可以約在我家門口，然後一起去酒吧。

Juan: ¡De acuerdo! ¡Nos vemos a las 11 de la noche en la puerta de tu casa!
胡安： 好的！晚上十一點你家門口見喔！

Ana: ¡Hasta pronto!
安娜： 稍後見！

Diálogo 2: Pidiendo bebida en un bar de copas español

對話二：在西班牙酒吧點飲料

Camarero: ¡Buenas noches! ¿Qué te pongo?
服務生：　晚安！您想要什麼？

Cliente:　Un cubata de ron con coca-cola, por favor.
客人：　　請給我一杯朗姆可口可樂調酒。

Camarero: ¿Algo más?
服務生：　還想要其他東西嗎？

Cliente:　Sí, me pones también un chupito de whisky para mi amigo.
客人：　　是的，請也給我一杯威士忌啾比特酒給我朋友。

Camarero: ¡Perfecto! Hoy la zona VIP está reservada, así que solo queda sitio en la barra.
服務生：　太好了！今天 VIP 室已訂好，所以只剩吧檯的位置。

Cliente:　¡No pasa nada! Nos sentamos en estas dos banquetas.
客人：　　沒關係！我們坐在這兩個高腳椅。

Camarero: ¡Gracias! Recordad también que si queréis fumar tenéis que salir fuera.
服務生：　謝謝！也請記得如果你們想要抽煙務必去外面抽。

Cliente:　No fumamos, pero gracias por la advertencia.
客人：　　我們不抽煙，但謝謝警告。

Camarero: ¡De nada! ¡Disfrutad de la noche y bebed con moderación!
服務生：　不客氣！好好享受夜晚並喝酒適量！

| Ejercicios 練習題 |

1. Ordena las letras de las siguientes palabras y escribe su significado en chino:

請將以下單字改成正確詞彙並寫出中文意思。

obetólln   sditceoac   akoekar   esrcaa

2. Haz frases con las palabras dadas:

請用以下單字造句。

a) ¿salir de Quieres esta marcha noche?

b) ¡noches Buenas! ¿te Qué pongo?

c) Sí, también pones me chupito un amigo para mi de whisky.

d) fumamos No, gracias pero la por advertencia.

3. Escribe el nombre de cada objeto debajo de su fotografía:

請在照片下方填入正確的單字。

_____   _____   _____   _____

| Apuntes culturales 文化小提示 |

Tanto los bares de tapas, abiertos de día, como los bares de copas, abiertos desde primeras horas de la noche hasta altas horas de la madrugada, son una parte esencial de la cultura española. La cultura de los bares de copas está muy asentada en España y atrae todos los años a numerosos turistas extranjeros. Salir de marcha e ir de copas con amigos los fines de semana es una actividad de ocio habitual entre los jóvenes españoles. Antes se podía disfrutar a la vez de una copa, un baile y un cigarrillo

en un bar español, pero desde el año 2011, con la aprobación de la Ley Antitabaco de España, está prohibido fumar en cualquier establecimiento, por lo que los fumadores deberán salir del local para fumar. Por último, recuerda que uno puede divertirse bebiendo con moderación y más importante aún, si bebes no conduzcas.

無論是小吃店，白天營業；或者酒吧，從晚上到凌晨營業，都是西班牙文化重要的一部分。酒吧文化在西班牙很發達，每年吸引了眾多國外觀光客。週末跟朋友去派對和喝酒，是西班牙年輕人常見的休閒活動。之前在西班牙酒吧，可以同時享受品嚐飲料、跳舞和抽煙的樂趣，但 2011 年，西班牙通過反煙法律，禁止在任何公共場所抽煙，所以抽煙者應離開公共場所抽煙。最後，請記得喝酒適量可以玩得更開心，更重要的是，喝酒不開車。

Anexo

附錄

Alfabeto, Números, Gramática básica, Soluciones de los ejercicios

字母表、數字、基本文法、練習題答案

| **Alfabeto** 字母表 |

大寫	小寫	讀音
A	A	a
B	B	be
C	C	ce
D	D	de
E	E	e
F	F	efe
G	G	ge
H	H	hache
I	I	i
J	J	jota
K	K	ka
L	L	ele
M	M	eme
N	N	ene
Ñ	Ñ	eñe
O	O	o
P	P	pe
Q	Q	cu

大寫	小寫	讀音
R	R	erre
S	S	ese
T	T	te
U	U	u
V	V	uve
W	W	uve doble
X	X	equis
Y	Y	i griega
Z	Z	zeta

| Números 數字 |

0	cero	23	veintitrés
1	uno	24	veinticuatro
2	dos	25	veinticinco
3	tres	26	veintiséis
4	cuatro	27	veintisiete
5	cinco	28	veintiocho
6	seis	29	veintinueve
7	siete	30	treinta
8	ocho	31	treinta y uno
9	nueve	40	cuarenta
10	diez	41	cuarenta y uno
11	once	50	cincuenta
12	doce	51	cincuenta y uno
13	trece	60	sesenta
14	catorce	61	sesenta y uno
15	quince	70	setenta
16	dieciséis	71	setenta y uno
17	diecisiete	80	ochenta
18	dieciocho	81	ochenta y uno
19	diecinueve	90	noventa
20	veinte	91	noventa y uno
21	veintiuno	100	cien
22	veintidós		

| Gramática básica 基本文法 |

一、西班牙文的主詞

西班牙文基本句型為主詞 + 動詞 + 受詞。西班牙文的主詞如下：

西班牙文	中文
Yo	我
Tú	你
Él / Ella / Usted	他／她／您
Nosotros	我們
Vosotros	你們
Ellos / Ellas / Ustedes	他們／她們／您們

二、西班牙文的動詞（規則動詞）

動詞的變化和主詞有分不開的關係。每個人稱（共六個人稱，三個單數和三個複數）有不同的動詞變化，但 Él / Ella / Usted 的變化相同，而 Ellos / Ellas / Ustedes 的變化相同。

以原型動詞的結尾區分，西班牙文規則動詞共分三類：

種類	原型動詞結尾	特性及動詞變化
第一類	以 ar 結尾	去 ar，再依主詞加上字尾變化。 以 trabajar（工作）現在陳述式為例： Yo trabajo Tú trabajas Él / Ella / Usted trabaja Nosotros trabajamos Vosotros trabajáis Ellos / Ellas / Ustedes trabajan
第二類	以 er 結尾	去 er，再依主詞加上字尾變化。 以 comer（吃）現在陳述式為例： Yo como Tú comes Él / Ella / Usted come Nosotros comemos Vosotros coméis Ellos / Ellas / Ustedes comen
第三類	以 ir 結尾	去 ir，再依主詞加上字尾變化。 以 vivir（住）現在陳述式為例： Yo vivo Tú vives Él / Ella / Usted vive Nosotros vivimos Vosotros vivís Ellos / Ellas / Ustedes viven

三、西班牙文的動詞（不規則動詞）

另外，西班牙文也有不少的不規則動詞。主要不規則動詞的現在陳述式動詞變化如下：

主詞 / 原型動詞	Yo	Tú	Él / Ella / Usted	Nosotros	Vosotros	Ellos / Ellas / Ustedes
estar 在、是	estoy	estás	está	estamos	estáis	están
hacer 做	hago	haces	hace	hacemos	hacéis	hacen
ir 去	voy	vas	va	vamos	vais	van
saber 知道	sé	sabes	sabe	sabemos	sabéis	saben
ser 是	soy	eres	es	somos	sois	son
tener 有	tengo	tienes	tiene	tenemos	tenéis	tienen
ver 看	veo	ves	ve	vemos	veis	ven
venir 來	vengo	vienes	viene	venimos	venís	vienen

四、西班牙文的形容詞

西班牙文的受詞通常為形容詞。形容詞都需要根據主詞（名詞）的陰陽性、單複數。一般而言，陽性名詞的結尾是 o，陰性名詞的結尾是 a，複數名詞的標示是增加一個 s。另外，主詞前都需要加冠詞。冠詞也根據主詞（名詞）的陰陽性、單複數。幾個簡單的例子如下：

1.- El chico es guapo. 這位男孩是帥的。

El － 陽性單數定冠詞。

chico －陽性單數名詞，這句的主詞。

es － ser（是）現在陳述式第三人稱單數動詞變化。

guapo －陽性單數形容詞，這句的受詞。

2.- La casa es pequeña. 這個房子是小的。

La － 陰性單數定冠詞。

casa －陰性單數名詞，這句的主詞。

es － ser（是）現在陳述式第三人稱單數動詞變化。

pequeña －陰性單數形容詞，這句的受詞。

3.- Los camareros son altos. 這些服務生是高的。

Los － 陽性複數定冠詞。

camareros －陽性複數名詞，這句的主詞。

son － ser（是）現在陳述式第三人稱複數動詞變化。

altos －陽性複數形容詞，這句的受詞。

4.- Las mesas son bajas. 這些桌子是矮的。

Las － 陰性複數定冠詞。

mesas －陰性複數名詞，這句的主詞。

son － ser（是）現在陳述式第三人稱複數動詞變化。

bajas －陰性複數形容詞，這句的受詞。

五、西班牙文的冠詞

最後，依據指定或不指定，西班牙文冠詞分成定冠詞和不定冠詞。冠詞均配合使用的名詞（人、事、物）的陰陽性、單複數。

定冠詞（指定）

	陽性	陰性	中文
單數	el	la	這個
複數	los	las	這些

不定冠詞（不指定）

	陽性	陰性	中文
單數	un	una	某一個、一個
複數	unos	unas	某一些、一些

預備單元
第一單元
第二單元
第三單元
第四單元
第五單元
第六單元
第七單元
第八單元
第九單元
第十單元
附錄

│ **Soluciones de los ejercicios** 練習題答案 │

Unidad 1: Alimentos españoles
第一單元：西班牙食物

1. Ordena las letras de las siguientes palabras y escribe su significado en chino:

請將以下單字改成正確詞彙並寫出中文意思。

orzar: Arroz 米
emrzalu: Merluza 鱈魚
argnzbao: Garbanzo 鷹嘴豆
lceuhag: Lechuga 生菜

2. Clasifica las siguientes palabras según su significado:

請將以下單字依照語義分類。

Patata   Pollo   Naranja   Ternera   Cebolla   Pera   Cerdo   Plátano

Fruta	Verdura	Carne
Naranja Pera Plátano	Patata Cebolla	Pollo Ternera Cerdo

3. Escribe el nombre de cada alimento debajo de su fotografía:

請在照片下方填入正確的單字。

Manzana   Pan   Tomate   Huevo

Unidad 2: Comprando en un mercado
第二單元：在菜市場買菜

1. Haz frases con las palabras dadas:
請用以下單字造句。

a) ¿A cuánto está el kilo de peras?

b) Dos euros con noventa céntimos.

c) Quería dos kilos de chuletas de cerdo y medio kilo de pechugas de pollo.

d) No, nada más. Gracias. ¿Cuánto es todo?

2. Escribe dos alimentos que puedes comprar en las siguientes tiendas:
請寫出在以下商店你可以買的兩個食品。

a) Frutería: manzana, naranja, pera, plátano（四選二）

b) Carnicería: cerdo, pollo, ternera（三選二）

c) Ultramarinos: aceite de oliva, arroz, huevo, pan, vino（五選二）

3. Escribe el nombre de cada profesión debajo de su fotografía:
請在照片下方填入正確的單字。

Panadero　　　　Pescadero　　　　Carnicero　　　　Frutero

Unidad 3: Cocinando en casa
第三單元：在家裡煮飯

1. Completa los huecos con la palabra adecuada:

   請將下列單字分別填入句子中。

   Sartén   Lentejas   Cazuela   Mesa

   a) De primero, podemos guisar unas lentejas.

   b) ¡Gracias! Voy a coger una cazuela para guisar las lentejas y una sartén para freír el pescado y me pongo manos a la obra.

   c) Luisa, ¡la comida ya está lista! ¿Puedes poner la mesa?

2. Ordena las letras de las siguientes palabras y escribe su significado en chino:

   請將以下單字改成正確詞彙並寫出中文意思。

   ucibetors: Cubiertos 餐具
   rgfiorícofi: Frigorífico 冰箱
   acas: Casa 房子、家
   neteord: Tenedor 叉子

3. Escribe el nombre de cada objeto debajo de su fotografía:

   請在照片下方填入正確的單字。

Microondas   Cuchillo   Cocina eléctrica   Horno

預備單元

第一單元

第二單元

第三單元

第四單元

第五單元

第六單元

第七單元

第八單元

第九單元

第十單元

附錄

Unidad 4: Tapas españolas
第四單元：西班牙小吃

1. Completa los huecos con la palabra adecuada:

請將下列單字分別填入句子中。

Ingredientes   Gambas al ajillo   Aceite de oliva   Tapas

a) Recientemente he estado leyendo sobre las tapas españolas y me gustaría aprender a cocinar unas gambas al ajillo.

b) Mira, para preparar una buena ración de gambas al ajillo hacen falta los siguientes ingredientes: medio kilo de gambas, cuatro dientes de ajo, una guindilla, aceite de oliva, sal y perejil.

2. Ordena las letras de las siguientes palabras y escribe su significado en chino:

請將以下單字改成正確詞彙並寫出中文意思。

jmeiollsne: Mejillones 貽貝
uqsoe: Queso 起司
ormiclal: Morcilla 血腸
mepaanlldisa: Empanadillas 西班牙餡餅

3. Escribe el nombre de cada tapa debajo de su fotografía:

請在照片下方填入正確的單字。

Croquetas   Aceitunas   Ensaladilla rusa   Pimientos del piquillo

Unidad 5: En un bar de tapas español
第五單元：在西班牙小吃店

1. Completa los huecos con la palabra adecuada:

請將下列單字分別填入句子中。

Terraza Ronda Caña Tapear

a) Para beber, una caña, ¡gracias!

b) ¡Claro! ¡Me encanta tapear!

c) A las seis de la tarde. Podemos quedar directamente en el bar de Antonio. Tiene una terraza muy grande y unas tapas muy ricas.

d) ¡De acuerdo! La primera ronda corre de mi cuenta. ¡Hasta el sábado, Ana!

2. Ordena las letras de las siguientes palabras y escribe su significado en chino:

請將以下單字改成正確詞彙並寫出中文意思。

rbohceat: Brocheta 串燒

omnatidot: Montadito 小三明治

amcaeror: Camarero 服務生

uritods: Surtido 拼盤

3. Haz frases con las palabras dadas:

請用以下單字造句。

a) ¡Buenas tardes! Quería tomar algunas tapas.

b) ¡Perfecto! ¡Todas nuestras tapas están para chuparse los dedos!

c) ¿Te apetece ir de tapas este sábado?

d) ¿A qué hora quedamos?

Unidad 6: Platos españoles
第六單元：西班牙菜餚

1. Completa los huecos con la palabra adecuada:

請將下列單字分別填入句子中。

Arroz   Platos   Cochinillo asado   Paella de marisco

a) ¿Sabes cuáles son los <u>platos</u> típicos más importantes de España?

b) Si viajas al centro de España, debes probar el <u>cochinillo asado</u>. Uno de los mejores lugares para degustarlo es Segovia.

c) Además de la famosa <u>paella de marisco</u>, existen otros tipos de paella, como la paella valenciana, la paella de carne, la paella mixta y la paella negra, entre otros.

d) Más tarde, echas el <u>arroz</u> y lo remueves para que coja el sabor del sofrito.

2. Clasifica las siguientes palabras según su significado:

請將以下單字依照語義分類。

Chuleta de cerdo   Arroz con leche   Lentejas con chorizo   Yogur
Cocido de garbanzos   Helado   Sopa   Pechugas de pollo a la plancha

Primer plato	Segundo plato	Postre
Lentejas con chorizo Cocido de garbanzos Sopa	Chuleta de cerdo Pechugas de pollo a la plancha	Arroz con leche Yogur Helado

3. Escribe el nombre de cada plato debajo de su fotografía:

請在照片下方填入正確的單字。

Tortilla de patata   Gazpacho   Ensalada mixta   Natillas

131

Unidad 7: En un restaurante español
第七單元：在西班牙餐廳

1. Después de leer el diálogo 2, responde a las siguientes preguntas:
讀完對話二後，請回答下列問題。

   a) ¿Qué va a tomar de primero? De primero, lentejas con chorizo.

   b) ¿Y de segundo? De segundo, filete de ternera con patatas.

   c) ¿Y para beber? Vino tinto, por favor.

   d) ¿Qué quiere tomar de postre? Natillas.

2. Completa los huecos con la palabra adecuada:
請將下列單字分別填入句子中。

   Cuenta Efectivo Gracias Vino

   a) Vino tinto, por favor.

   b) Por favor, ¿me trae la cuenta?

   c) Pagaré en efectivo.

   d) ¡Gracias a usted! ¡Hasta luego!

3. Escribe el nombre de cada objeto debajo de su fotografía:
請在照片下方填入正確的單字。

| Menú del día | Mesa | Servilletero | Salero |

Unidad 8: Bebidas españolas
第八單元：西班牙飲品

1. Ordena las letras de las siguientes palabras y escribe su significado en chino:

請將以下單字改成正確詞彙並寫出中文意思。

atbiod: Batido 奶昔
raginazod: Granizado 冰沙
torhcaha: Horchata 杏仁茶
idars: Sidra 蘋果酒

2. Haz frases con las palabras dadas:

請用以下單字造句。

a) Si quieres, podemos comprar también zumo.
b) ¿Tienes algún plan para este domingo?
c) Pues yo tengo uno: podemos ir a visitar una bodega.
d) Sí, la bodega tiene una tienda donde podemos comprar vino.

3. Escribe el nombre de cada bebida debajo de su fotografía:

請在照片下方填入正確的單字。

Cerveza   Cava   Agua mineral   Sangría

預備單元
第一單元
第二單元
第三單元
第四單元
第五單元
第六單元
第七單元
第八單元
第九單元
第十單元
附錄

Unidad 9: En una cafetería española
第九單元：在西班牙咖啡廳

1. Completa los huecos con la palabra adecuada:

請將下列單字分別填入句子中。

Cortado   Azúcar   Bebida sin alcohol   Leche

a) ¡Buenas tardes! Me gustaría tomar una <u>bebida sin alcohol</u>. ¿Tienen poleo?

b) De acuerdo. ¿Necesita <u>azúcar</u> o sacarina?

c) Aquí tiene su café con <u>leche</u>, su azúcar y su cucharilla.

d) Un <u>cortado</u> y dos ensaimadas, por favor.

2. Clasifica las siguientes palabras según su significado:

請將以下單字依照語義分類。

Té con leche   Orujo   Vino   Leche   Coñac   Manzanilla

Bebida alcohólica	Bebida sin alcohol
Orujo Vino Coñac	Té con leche Leche Manzanilla

3. Escribe el nombre de cada dulce debajo de su fotografía:

請在照片下方填入正確的單字。

Churros con chocolate   Galleta   Cruasán   Tarta

預備單元

第一單元

第二單元

第三單元

第四單元

第五單元

第六單元

第七單元

第八單元

第九單元

第十單元

Unidad 10: En un bar de copas español
第十單元：在西班牙酒吧

1. Ordena las letras de las siguientes palabras y escribe su significado en chino:

請將以下單字改成正確詞彙並寫出中文意思。

obetólln: Botellón 聚酒
sditceoac: Discoteca 舞廳
akoekar: Karaoke KTV
esrcaa: Resaca 宿醉

2. Haz frases con las palabras dadas:

請用以下單字造句。

a) ¿Quieres salir de marcha esta noche?
b) ¡Buenas noches! ¿Qué te pongo?
c) Sí, me pones también un chupito de whisky para mi amigo.
d) No fumamos, pero gracias por la advertencia.

3. Escribe el nombre de cada objeto debajo de su fotografía:

請在照片下方填入正確的單字。

Copa   Botella   Jarra   Chupito

España

國家圖書館出版品預行編目資料

西班牙美食開口說：用西班牙文認識西班牙飲食文化 /
Mario Santander Oliván（馬里奧）著；
– 初版 – 臺北市：瑞蘭國際，2017.05
144 面；17×23 公分 –（繽紛外語系列；65）
ISBN 978-986-94676-2-9（平裝附光碟片）
1. 西班牙語 2. 讀本
804.78   106005616

繽紛外語系列 65

西班牙美食開口說：
用西班牙文認識西班牙飲食文化

編著｜ Mario Santander Oliván（馬里奧）
責任編輯｜林家如、王愿琦、葉仲芸
校對｜ Mario Santander Oliván（馬里奧）、林家如、王愿琦

西語錄音｜ Mario Santander Oliván（馬里奧）、Natalia Varela Rivera（娜達利亞）
錄音室｜純粹錄音後製有限公司
視覺設計｜劉麗雪

董事長｜張暖彗・社長兼總編輯｜王愿琦・主編｜葉仲芸
編輯｜潘治婷・編輯｜林家如
設計部主任｜余佳憓
業務部副理｜楊米琪・業務部組長｜林湲洵・業務部專員｜張毓庭
編輯顧問｜こんどうともこ

法律顧問｜海灣國際法律事務所　呂錦峯律師

出版社｜瑞蘭國際有限公司・地址｜台北市大安區安和路一段 104 號 7 樓之 1
電話｜(02)2700-4625・傳真｜(02)2700-4622・訂購專線｜(02)2700-4625
劃撥帳號｜19914152 瑞蘭國際有限公司
瑞蘭網路書城｜www.genki-japan.com.tw

總經銷｜聯合發行股份有限公司・電話｜(02)2917-8022、2917-8042
傳真｜(02)2915-6275、2915-7212・印刷｜宗祐印刷有限公司
出版日期｜2017 年 05 月初版 1 刷・定價｜320 元・ISBN｜978-986-94676-2-9